酒的遠方

◉林文義／著

聯合文叢
628

把生命剔出白脂

苦心找尋著一種文體

——郭松棻　1938～2005

自序

非典的典型

林文義

我一直欣然地時而翻閱二〇一五年初，九歌版自選集《三十年半人馬》，這本從一九八〇到二〇一〇題旨各異的散文書，足以印證三十年夜未眠的寫作者是如何自求精進的時間過程。秉持：書寫文學亦是留下歷史的終極宿願，其實每一帖散文在發表、出版之後，就離開作者了，再重讀、回盼往日的破缺也難以追悔。詩人席慕蓉的油畫封面、亮軒前輩的書序都深切的詮釋我文字的真切意涵，如此護持，何等知心。

記憶延伸到更早之前，忘了是位於台灣大學旁的「胡思」或「永樂座」？就在二手書店的文學座談會後，先遞給我名片的農學院教授，一頭好看的銀髮但比我年輕許多，自稱是「野百合世代」的五年級生，從他的後背包裏取出一冊紫色細薄的書，封面手繪一吶喊衝決著鐵絲網的男子，是我在一九八八年出版的散文集，春暉版《銀色鐵蒺藜》；書封水墨淋漓如此凜冽，出自繪與文兼美的前輩作家：雷驤先生。

農學院教授請我題簽，真切的說，這本書帶到美國留學又返回台灣執教；我靜靜看著自己三十年前的舊書，陌生遙遠得彷佛是前生。只有李昂的序文依然親炙而熟識，她形容八十年代的我是「都會的旅人」，就在她將前往艾荷華作家工作坊前夕時為我新書下的美好紀念。序文副標題，這位秀異的小說家寫著——「最好的散文家‧最摯愛的朋友」三十年後再次拜讀昔書序文，「最好」想是她慷慨的溢美與期許，「摯愛」合應就是我們對文學的虔敬。

近時有人問起我半生著力於散文書寫、兼及六冊小說、兩冊詩集和早年六冊漫畫，近六十種著作，要全數讀過不免辛苦，盼我自認可留可傳之書是哪些定本？既以散文為主要選項，遂敬謹的提出二〇一〇年後的近著八冊做為定本印記——

《邊境之書》二〇一〇聯合文學
《歡愛》二〇一〇爾雅
《遺事八帖》二〇一一聯合文學
《歲時紀》二〇一四聯合文學
《三十年半人馬》二〇一五九歌
《最美的是霧》二〇一五有鹿文化
《夜梟》二〇一六聯合文學
《二〇一七日記——私語錄》二〇一八爾雅

第九本新書，就是此時自序後讀者知友即將逐頁翻閱的《酒的遠方》了。彷彿就是生命流程的時序感思，猶如評論家張瑞芬教授形容我以日記書寫散文的特質；四十多年過去了，現實浮沉之間，幸好文學救贖我的顛躓和鬱悶。散文是我的鏡子，是人是鬼，陰暗或晴亮，走到今日就像逆水而上的舟子，溯河到盡頭了嗎？不想餘生如何，就放槳任自漂流吧。

回想「摯愛」的文友李昂在三年前秋深的文學獎項致辭時，形容她和我都是「非典型」的極少數作者，那分慨然的不捨我深切感銘於心。另類異端，特立獨行，時而不被所謂的主流價值認同，又有什麼關係，何是創作？風格即人格，堅執自信的我手寫我心，就是典型。

這冊新集，延續前書《夜梟》那意到筆隨的自然自在；曾經說過：散文是我的自由。與之同時每天記載的爾雅版《二〇一七日記》猶若和弦，《酒的遠方》似合似離的巧妙呼應，有時是雙人舞，有時是單人獨步……知交莫逆的評友：隱地先生和王定國，定能深諳此一情境。

如同前書形式，詩行置於散文中，實是向來愛詩，因此試詩於散文，亦是行筆之間藉以分帙、舒緩，容許作者和讀者得以相互反芻。

引句郭松棻先生逝前剔勵，也是追念向其文學典範請益的十年情誼。老友陳銘磻言之此書與前二冊：《遺事八帖》、《夜梟》暗合允為三部曲的圓滿完成，確有此意，果然是靈犀等同。前任總編輯李進文為我耐心匯集本書全文，新任總編輯周昭翡慧眼定義題旨命名，仁豪的編輯、榮芝的美術，都是最溫暖和貼心的過程。

感謝：筆和紙，修正液，忍受手工寫作的副刊、雜誌編輯諸君。承允收入卷末的「四家之言」，以及長年護持、包容的聯合文學出版社。

二〇一八年五月十一日 臺北大直

目次

【附錄】
四家之言

希臘

1

二一六日後，打開這本希臘筆記，來自聖托里尼酒莊；二〇一五年五月下旬的初夏陽光午後，愛琴海的風輕柔如許。那藍的純淨，似乎就是希臘千古以來的色澤，宜以詩之形式表白。

筆記銅版紙彩印海景太美，捨不得在二〇一六年一月開始記載每天行事曆。近年只有文學講座、報刊以及出版社、家人生日、旅行時程、就醫和少數友人餐宴……日子接著日子平常。

峭岩參天，扶搖直上。這是怎般的一座島？火山還隱約兇猛，危機潛伏在靜謐的海中深處，大陸棚沉睡不語之時，奧林柏斯山頂上傳說的諸神正在思索些什麼？

石岩，還是岩石……從米克諾斯直航聖托里尼的快船尾舷甲板望去，銀浪翻騰如花，雪白閃熠的開闔；此刻宜靜，不語最好，所有世塵昔憶今事都拋向潮水，在大海上。然則即將抵達的島逐漸挪近，驚心動魄的視野必須仰看九十度角，彷彿聖殿高在奇崛的峭壁之頂……初夏降雪？大屏風般的港灣直上數千尺上，猶若積雪的石頭群屋全然刷白。

坐下來。不知怎般竟憶及很多年前，跟著畫家朋友學喝紅酒、抽菸斗的往事……到了霧裏看花亦能深諳花實之美的年歲，晚天未晚的心已然認命，卻又不捨，眷念什麼的殘留……好似舌間彷彿依稀是那時候的味覺。畫家朋友先是讀了小說驚豔，抵死不信陌生的作家另一身分是中台灣的建商，親炙的是同鄉鹿港人，決定帶六瓶不同的紅酒，相約初見。在相與品酒結識前幾天，我和作家才在香港半島酒店下午茶座右側的菸具鋪，考古人類學般的研究，挑選合意的荷蘭石楠木菸斗……那般安然的日子。

二十年後，坐下來，在聖托里尼。向晚晴照愛琴海，天與海就是藍意，純粹自然的理所當然。牧人趕著一群驢子經過我座位旁的紅酒杯，新釀液體入口、清澀的野性；可惜少了一撮菸草、一支菸斗。如果當年一起向畫家學習菸酒品味的作家老友，此時此地同座該有多好？難道初老，只能眷念從前？

妻子盼我別時而嘮叨言老，她不捨的說：這樣自嘆只會老得更快。她不明白，其實我的內在早就老去了。常戲言自己心中一直住著一個孩子……天真和愚癡是我的生命障礙吧？向來個性不與人爭，相對朋輩樂觀其成，識我知心，不識我由人，竟也被偶爾傾軋、誤解；都好。人生本是火宅，就是修行，緣起緣滅皆有所得，無愧便是福分。

老眼昏花，心境近晚且自在。但欣見妙齡美少女半裸身著比基尼泳衣，大方行過身旁，不禁持酒遙敬，老眼吃吃冰淇淋，青春多美好！

彷佛是看見自己女兒們成長的過程。猶若刷著白與藍、紅與黃的石頭屋舍，這是五月下旬、初夏的希臘。

2

紅花九重葛，火焰般亮麗的燃燒在島的四方，怕連東正教堂中那三位一體的神都忍不住伸首探看吧？家家戶戶植栽就成尋常，我想到希臘神話的盜火者：普羅米修斯。

被箭矢射中腳後跟，刀槍不入的英雄臨死之前是否真的躺在愛人的懷抱裡？特洛伊焚城，只為了一個紅杏出牆的海倫皇后……那是真的愛情或僅是慾望？在希臘，神話比真實還要迷人，因為最終都是悲劇以幻滅終結。古代的遊唱詩人以吟詠記載歷史，永遠比宮廷內院的史官來得明白；怪不得誇言「烏托邦」的柏拉圖憤恨得要把詩人趕出他其實斷難成真的理想國度。幾千年後，所有的哲學家還是不解哲學的定義：柏拉圖酖毒而死，究竟為何？烏托邦終是迷夢，哲學是一團死結，剪不斷理還亂……

文學比歷史還要真實。我堅信。

綠桌子上擺著一杯咖啡的此刻最真實。如果往北而去，抵達伊斯蘭國度的伊斯坦堡，喝完咖啡，土耳其人會用咖啡殘渣替旅人占卜。世仇幾千年的希臘人信不信這些？分據愛琴海兩岸的相異信仰，曾經的交戰受苦的恆是苦痛的人民。一九二二年秋天是那般地蕭索和哀慟！兩百萬世居、分處兩岸的基督徒和穆斯林，被迫交換遷移到對岸……希土兩國歷史上最後之戰的殘酷抉擇：離鄉或返鄉？號啕痛哭的人民任其飄泊、生離死別，渡海就是陌生之地，何以存活？政客們決絕的在停戰協約中全然折逆兩岸人民的自由意志；他們斷然的切割所有人的愛與土地之情、祖先的墳墓、熟悉的城鎮、世代耕植的田園、親炙如兄弟姊妹的鄰居友朋……命定陌生的對岸是原鄉，而什麼又是原鄉？愛琴海蒼茫，浪濤滔天如此險惡，拋家離土的連根拔起，面對的是不知何以重新開始的海角天涯……

二十年前欲雪未雪的寒冬子夜，我從希臘薩莫斯島渡海去土耳其之時正逢耶誕前夕；我仰望滿天星光、喝著茴香酒想到一九二二年秋天的兩岸大遷徙的歷史悲劇，不禁沉重了心情。

二十年後此時身在這允為蜜月之島的聖托里尼，悠閒自在的喝咖啡、小酌茴香酒，不由然憶及夜渡邊境彼時的沉重心情，還是隱隱疼痛著。時間流逝，從前的不幸祈願今時的幸福吧。只是個外來的異鄉旅人，就靜靜的看，默默的想；這是希臘，大海無邊之藍、一切如此美麗，我，再喝一杯酒。

3

未曾在夏天去希臘群島
僅知圖片儘是透明之純藍
東正教堂圓頂襯以白牆
紅是九重葛，綠是咖啡桌
妳是我夢中最最純藍的想像
千噚深海間幽藍歌吟之水靈

是水手的滅絕或真愛的召喚
或者我就是妳眸中一抹純藍
深海無聲，但願心是潔淨的最初
等待岸邊佇立千年的月桂樹
堅信島與海是一句誓言
永恆的戀人為我點起一盞燈

昔時的詩留予一種祈盼，寫給妻子；預言有那麼一天，定要來希臘旅行。詩以月桂樹作題乃是妻子的英文之名：Daphne意為海神之女；典出太陽神求愛，海神之女驚逃，遂蛻身月桂樹避難。散文之外習詩別有意涵，在於情思表白以應許：祈盼雙雙攜手前往夢寐以求的愛琴海。

米克諾斯的旅店早餐，供應香檳酒。在五座古老的風車磨坊畔，晚霞滿天即將迎客的海岸餐廳，桌間的橄欖油和紅酒醋裝在玻璃長瓶中，透明的映影夕照，琥珀與紅寶的錯覺……妻子還是稱美，早餐香檳真好。

那是快意的微醺好心情。旅店一旁就是海與陸地接壤的潮間帶，熱帶魚像水中花，招潮蟹呼叫早晨，盛裝的老婦人在餵養幾隻貓。而那隻名叫尼古拉的鵜鶘則沉定不懼地伏臥在旅人四圍的停車場安然的睡午覺；晚餐後逛街，在菸酒、音樂、人潮擁擠的夜店巷弄，這隻鵜鶘悠哉遊哉的隨意漫行，粉紅色羽毛豐厚，昂然氣勢彷如王侯，彷佛這島與海就是牠的城邦。

花是九重葛，葉是月桂樹。

我總是記得波提切利的不朽名畫〈維納斯從愛琴海貝殼中誕生〉，那幅真跡一直無緣得見，不在希臘藏展，而是在義大利翡冷翠的烏飛茲美術館。的確是無緣，千禧年首途義大利，抵達翡冷翠，興沖沖拜訪烏飛茲，閉門謝客掛出牌子：「休館中」。翌年再旅舊地，又吃閉門羹：「工程進行」。一再殘念的失之交臂，就在美術史畫冊中重逢吧。另一幅畫也是波提切利，雲疋般長髮的裸身女神，頭戴月桂葉冠冕，她是誰呢？夢中有次浮影，何以忘卻不去，彷佛依稀的似曾相識……像妻子。

米克諾斯。橄欖樹和月桂樹都是風景，冬來的時候，落光葉子的蕭索形態揣想如一隻隻伸向天空之手，呼喚祈待春天降臨吧？據說十月之後，希臘島群的商家大都撤離回到內陸，像首都雅典。狂風激浪、冰封雪凍、旅人稀微……何以我在二十年前的寒冬前來希臘？那是一次還願般的向往昔決絕告別，而後準備毅然的重整支離破碎的身心；祈許未來有一天，真正遇見一個相知疼惜的人，像那蛻身月桂樹的女子。

4

貓頭鷹，凜然站在細長的石柱上。

一具銅雕，泛著歲月風霜過的滄桑色澤；青青冷冷地兀自沉思，彷彿哲學家的羽化姿勢。

這是希臘首都的國家博物館。

歐洲的印象對貓頭鷹充滿偏見的敵意。自詡無比神聖的梵蒂岡教廷指這夜梟之群是：「黑暗使者」；如果是人，怕早被送上火刑架。威權、法西斯的宗教法庭不容許異端，因之哥白尼、達文西等智者都自逐在外。他們宣稱：木匠改革者是神子非人子，代世人釘上十字架流淌鮮血是為了救贖所有人的罪。

那麼貓頭鷹犯了何罪？只是一隻隱匿的夜行猛禽，以昆蟲、蛇鼠為食，在深鬱夜林間，悄然地、靜謐地自求存活；動物之本能，四季日夜潛伏，如此謙卑。止如枯木、動如蛾蝶……請問：牠何罪之有？只有擅於謀略、算計的人類才會以殺戮言之「正義」，訂定律則制約同類，堂而皇之毀林斷河、獵獸捕鳥……最最虛矯的萬物之靈啊！

仰首瞻望，如同親炙般自許隸屬「夜梟」一族之我，在異鄉的博物館中與之重逢，心的暖意自然挪近的相與情懷。希臘人視貓頭鷹為「智慧」，良有以也；夜梟不眠，飛羽在林中，人在書房讀寫。你的狩獵，我的文字，都是同般思索著生命的存在意涵；月光遍照，銀色無聲的暗夜，黑得多麼華麗，星群是俯視的眼眸，像明鏡反面，其實最真實。

真實之義在於：其心是否真情實意？我在離家一萬公里的希臘，苦思自己的島國原鄉何以迷霧非常……民粹說是民主，亂象巧言是變革，不懂理解、不諳傾聽……多數人沉默，少數人喧譁，大家一起沉淪。

於是我時而遠走他鄉，犬儒般自我放逐，卻總放舟而去，牽念的心還是遺留在岸邊繫舟的纜繩上。自虐於芥川龍之介筆下形容的：「孤獨地獄」，是天譴嗎？百思莫解何以凌遲自我，彷彿故作悲怨，現實中卻感受幸福，來自妻子與兒女的欣慰、知心文學友朋的護持；這樣矛來盾去的不解，是否人格分裂？

完美主義。早諳云云塵世之間怎有完美主義，這是癡人說夢；時而自己和自己爭執起來！庸人自擾的毫無必要，卻一再一再的輪迴依循一種異然的情緒隱約，原來一生最可惡的敵人，就是自我。

衛城正進行年度整修。巴克隆神殿的四十根壯麗的柱子，新石換舊石……風化之後傾圮鬆裂成沙屑，就怕長住幾千年的諸神都懼怕的逃回奧林柏斯山那凡人看不見的雲端深處了。月神廟的雅典娜也是，復刻版的四位女神用力頂著石天棚，那嬌柔的身子怎般負荷歲月的重量？現代構工的鷹架圍困她們，工人們將如何為她們再次整形美容呢？原初的古石雕塑在幾世紀不安的戰火中早被列強掠奪，隔著層層大海洋，異國的博物館中，希臘人後代必須遠渡大山大海，始能一見原鄉的遺蹟……歷史啊，眼淚和鮮血合一的大悲咒。

在雅典，我重逢一隻貓頭鷹。

人間隨意

十三年後，換了一支新鋼筆，依然是舊情懷般慣用的老式派克；舊鋼筆相與十三年，墨綠岩痕如翡翠的賽璐珞外殼，握在右手食指和拇指間的虎口處，書寫時筋脈的韌性隱約反斥著長年書寫勞動的微微痠痛……警示著預告類風濕關節炎以及肌腱扭傷的可能。

暫且歇筆，起身去泡杯茶或喝咖啡吧。遲疑半晌，卻是站立的身子又不由然貼近書桌左側沿牆直立的大片藏書，本能的順手抽出一冊，又坐回桌前的燈下，看它幾頁……文字或圖像都好。鋼筆圓潤的倒影在燈下，靜靜躺成雪茄菸的錯覺……長年以來，有抽菸的壞習慣。

就這樣好像一生了。右手指必須握住什麼才感覺充實，以筆就紙的書寫彷彿是心靈最是身心安頓的信仰，離開紙與筆似乎手足無措。不知道是否如同已故的前輩作家葉石濤老師的名言——「作家，是一種天譴。」更令人聆之心痛的下一句是——「台灣作家像野草，自生自滅。」其實，天真、愚癡如我在幾近一生的文學書寫中，偶爾不免沉鬱、無從，卻少有如此的悲懷感嘆；總是堅信，文學是個人的事。

十三年間換了兩支派克鋼筆。前是五十歲生日買給自己的禮物，後是同樣是作家的妻子知我舊筆折損，貼心的送我新筆續寫……有一段日子試寫新詩，而素來就有每天日記書寫的習慣，我眷愛一種古老的舊情懷，以筆就紙其實是自然的提示自己，莫忘初衷的文學之愛。

一種彷彿前世的許諾依稀，而後是夜夢零落、支離的童少，時隱時現的青春情愛，破缺以及遺憾的人世糾纏，傷人亦自傷的美麗和蒼茫……因怕失憶而留下日記又為了什麼？也許就在某個無眠的子夜，斷然決意的在闃黑的書房外陽台，點火燒去昔時幾冊日記，那般決絕地試圖忘卻過往的一切；然而一切的一切又是什麼？從前未曾明白理清的誤解、未曾說出的背後實質蘊涵……人間行走果真十分艱難。

知心的前輩作家亮軒先生形容我——「直道而行，隨遇而安。」他說對一半，另一半只有我自心明白，事實上是面對現實的人生我是閒散而消極。生性不與人爭，寧置邊緣，率性且隨意，甚至遠疏世俗裡的主流價值；向來樂見其成，與人為善，無意中卻是厭倦虛矯偽飾、排拒不公不義，慈目菩薩有時化為怒目金剛！這樣的不合時宜，如此的格格不入，注定是孤鷹的不馴本質……天譴果成真，寧願如盜火者普羅米修斯，試圖以文字的微焰在無明的塵世間燃起一點光照；若是只能作為野草，哪怕自生自滅，也要活得光明磊落，真情實意。

溫柔與暴烈之間，對與錯的生命抉擇。

隨意，起於喜愛：自由和自在的天性。

意到筆隨，堅信：文字不得隨便與輕慢。

我是好人嗎？事實是自知亦有黑暗的偶發惡念。天使看不見，文字再純淨也難以描摹出揣臆的背羽潔白。魔鬼看不見，卻時而真實的隱匿在人云亦云、貪念和私欲之間。十八歲時上陽明山華岡初見胡品清教授，跨校修習法文未竟，倒是因而結緣向她學習到文學的唯美啟蒙。胡教授開示——「人世紊亂，所以文學唯美，就是抵抗。」完美主義的終極信念，容我自始在文字美學的追求中，試圖建構一處烏托邦的癡心妄想；相信與不相信恆是拉扯、糾纏……半人半馬合體的暴烈與溫柔型塑的我？

是年少時何等珍貴的撫慰與魅惑
是不斷去又復返的　輕聲召喚
是生命　從那不曾自覺的逗留到固守
是此刻才逐漸呈現　如你所見
一幅　色澤斑斕
古老華年的時光刺繡

——席慕蓉〈時光刺繡〉

時光刺繡，彷彿黥印。青春那麼遠而晚年這麼近，冷冽如夜雪，在異國冬夜的旅店，不經意推窗外看，白茫茫的原野，猶若歲月在髮間留予的滄桑。於是空蕩地凝視夜之雪原，什麼都不想，留下過那麼多樣的文字，究竟試圖說明什麼呢？生命的疑惑、是非的辯證、人性的詭譎、明暗的反思……雪很輕，心很重。

黥印一如紋身。揮之不去的時而噩夢如同被附身的符咒，年少時家的極端束縛與禁制反而令我此後有著堅定的突圍意志；是的，反骨以及抵抗，大環境置身於獨裁戒嚴年代的全民造神運動——領袖、黨國、主義，我排斥而俾睨。解嚴之後竟然因為民主運動的抗爭驅使，竟而陷入迷思的為革命的先行者造起神來……

推翻昔往的法西斯，卻型塑另一法西斯。

我所敬仰的聶魯達，他的詩永恆卻絕望。

我所傾慕的馬奎斯，他的小說正是預言。

我以十年的評論，試圖用著文學溫婉、堅實的真情，面對政治時局的評言，終究是如晚風悄然吹過。人云亦云、理盲的群眾，大多猶若斑衣吹笛人，迷醉的曲音引領溺水的旅鼠。

我時常從子夜夢迴中兀然驚醒，汗涔的一身冷汗，鞭韃般地在無邊闃暗裡，幽幽落寞的想著：我究竟在做什麼？沒有後悔，只是遺憾，那些舊時光，我曾經深愛過的年代……。

十年來，專志回返文學真的很好，只有文學讀與寫，無人干預，無人剝奪。意到筆隨，逐頁悅讀，時間就在字句之間如大河自流，天光雲影，自在自得的追隨妻子的京都書寫，隨意遊看，春櫻、夏綠、秋紅、冬雪。她的京都三書委實是我沉鬱、憂煩之時的療癒良方。

近時右眼忽而視野迷濛，視物如在茫霧中，歲月終究不再容情我逐老遲暮，白內障如同舞台落幕，再華麗的展演亦有歇息之限，像浪潮退去，留予荒蕪寂靜的沙灘。從此避遁的霧裡看花，還是勇健不屈的穿霧越浪？萬般都是命，半點不由人，只有時間對生命最公平。

自知與這新時代逐漸脫節，沒有臉書，不用網路；但見眾所一致朝拜智慧型手機，食指滑動，在捷運上、聚會裡，甚至穿越人行斑馬線……如此虔誠地低首敬拜，科技是福是禍？我是在放逐自己或自棄呢？或者不自覺中早被這新時代所逐漸遺棄？這世界愈來愈陌生。

荒蕪寂靜的沙灘、霧裡看花都適宜我此時的心情；年少時學畫以及習文的熱炙一再的荒廢學校課業，自始就不曾是個敬服於制式教育的好學生。很多年後，抵達冬雪狂亂的紐約現代美術館，終於面謁年少最愛的盧梭不朽名畫：〈沉睡的吉普賽歌手〉真跡之前，愧然地彷彿一種懺悔的告解。自始我無能再續昔時那無比虔誠、真切的許諾，早就棄畫從文久矣。

文字美學的索求，卻是無比之莊重敬慕，彷彿身臨聖殿，那巨大的堅實信仰，猶如上天的一道純淨、無瑕的光束，映照我幾近一生的文學之愛，那麼強韌，如此堅執不渝。

我，逐日追夜的拿起筆來，彷彿古代的修道院抄經人，神啟般地呼喚是那樣的美麗，我的手書寫我的心，這是最為純淨、真實的自己。筆尖接觸紙張的那一刻，無論沉鬱或惘然，我知道，遠方的夜海上一定有顆屬於我的星光，潔淨我在人間行過的謬誤以及愛與悲歡。

那年在基隆港

我，有些躊躇，隱約的拉扯著某種因為身處媒體，方從記者職務轉任副刊編輯工作，向來秉持中立、客觀，但期許報社同仁必得具備本土立場的社長先生已是再三囑咐：盡量避免為特定政黨候選人助選，以免被非議本應公正、冷靜的職能本分……看來我終究是違逆了。

那是一九九〇年初的，雨後的基隆港岸，東碼頭前文化中心燈火明亮的廣場上，綠旗飄蕩在深秋獵獵的晚風裡；文學作家王拓角逐立法委員席次。他從數千個吶喊著：「凍蒜」（當選）、充滿狂熱、歡笑的臨場群眾中，慢慢的挪近背景是他放大半身相片的造勢舞台，微笑的點頭、抱拳，說著：拜託，感謝。坐在舞台邊緣椅上的我，不勝稀微的心痛起來……這麼秀異的前輩作家，在大人群間，卻顯得分外孤獨。

非如此不可嗎？這是米蘭．昆德拉的天問。我想到的，不是此刻的立法委員候選人、前時的國大代表，反倒是以幾里外故鄉八斗子作題的不朽小說：《金水嬸》……舊版本相距四分之一世紀，前是香草山版，後是九歌版；不變的是猶然親炙的書封——吳耀忠素描王拓母親的畫像。小說的最後一段，作家如此書寫：

不久，八斗子據說有人在台北木柵的仙公廟遇見了金水嬸。那天，她是替她的兒子們祭煞補運的。因為今年是虎年，她的兒子們屬蛇、屬狗、屬豬、屬雞、屬兔，都和虎相犯沖，她擔心他們會走壞運。她還託人帶話回來，說，她現在台北替人幫傭，洗衣煮飯帶小孩，她家欠人的那些錢，她一定會還清。等還完了，她就要重新回到八斗子，清清白白的，她要到媽祖廟來燒香謝神。看到她的人還說，她現在似乎又很快樂，像以前在八斗子挑雜貨出來賣的時候一樣，愛講笑話、開朗、對前途充滿了希望。

——《幼獅文藝》260期，1975年08月

這是台灣母親堅忍而美麗的典型。政見會司儀終於喊到我的名字，介紹我是「作家」而非報社職稱，想是王拓老師的貼心體恤；放眼是黑壓壓的群眾，小孩騎坐在爸爸的肩頸上、年邁的阿公阿嬤手環手、青春男女甜美的笑意。東碼頭水岸道，情治人員以及警車四圍……我的第一句話開口就說——王拓，是我初中老師。

近半世紀前的台北市成淵中學，年輕的國文實習教員王紘久老師在上課四十五分鐘之時，忽而放下手裡的課本（記憶彷彿依稀是古老的〈祭妹文〉或〈出師表〉？），察覺彼時擔任班長的我正仰看著黑板中央上端的「蔣公」相片。他沒有責備我上課不專心，反是笑容可掬、略帶俏皮的問我——班長，他是誰？

全班同學竟搶先如合唱般，詠頌齊說——

蔣公。偉大的領袖，民族的救星！

哦？王老師剎那收斂原本親切的笑顏，沉著若有所思的神情，半晌後幽幽的說道——

等到同學們長大後，請你們再回想這個人吧，老師不做任何評論……好了，下課吧。

往後是教化學的洪英進老師、教國文的孫世苓老師，知我學業荒疏、耽溺課外文學閱讀、擅壁報、編校刊，不約而同的告訴我——知道你們的王紘久老師嗎？他就是寫小說的王拓。

十年後的鄉土文學論戰。那是一次官方對民間最不公義的壓制與羅織……對岸中國文化大革命方歇，台灣御用文人挾其黨政軍之力，試圖誣陷以土地和人民作題的寫實乃襲自「工農兵」；首當其衝的正是王拓。另是：陳映真、葉石濤、尉天驄……此一歷史公案，幸而留存於尉天驄教授主編的《鄉土文學討論集》（一九七八年四月遠景初版）正反辯證，兩方之言；祈許新世代文學人尋讀，那是珍貴史料。

一九七九年十二月十日。那年冬夜最冷，美麗島事件發生於高雄……鎮暴部隊、催淚瓦斯、棍棒、火把……人權日紀念會竟被早設計好的陷阱誣蔑成叛亂暴動？王拓和楊青矗幾天後被逮捕入獄。人在北美大陸的陳若曦女士，勇健、凜然地帶回海外作家群集體聯名，請求赦免兩位小說能手，面見蔣經國……

王拓老師出獄，已是事件發生後的第五年了，某個場合巧遇，請教現職何處？老師訕然、幽微的、一種倦然的答說——朋友好意，容我在他的飼料公司跑業務啊。但其實，多麼希望能重返大學教書；他們，不會讓我回去的……

重逢的小說家老師，舉止是那麼落寞。

然後是陳映真先生創刊的《人間》雜誌邀請王拓任職，似乎沒多久就離開了。

棄筆從政。教書及寫作都不可得的老師，就在我六旬過後，去年十月六日台灣文學館在基隆文化中心的活動上再與老師歡會，氣色很好的王拓對我和李昂宣稱，又開始寫小說了！相約八天後的十月十四日一起午餐，喝杯小酒；三井日本料理明水店，並邀攝影家謝春德同席。

突兀驟逝……驚愕失措。父親節對這位一生眷愛文學、無奈寄身政治的父親是如何殘酷不忍？哀傷憶及那年在基隆港岸的政見會，我既忐忑卻又沉定的上台；第一句話就說——王拓，是我初中老師。我不談政治，我說他的文學。

酒的遠方

台灣，都好吧？無論面見或來信，他都這樣問起。

前些年不免談的是時事，到後來說的是彼此的生活和寫作；時光與年歲不容情的主題還是——

保重身體最重要，好好的讀和寫，夫妻安度晚年……。

就像突然的安靜，不知所措的怔滯於當下，思索全然的空白；自問自答也形成一種連自己都難以解析的，可笑可憫的不幸。

已經是不惑之年，何以反而惑然？合應深思，甚至不免憂心關於最現實裡的健康抑或是生計的問題，屬於純粹私我的利己和規畫……但是捫心自問：還可利己什麼？如何規畫只是安頓一種存活下去的微渺祈盼，似乎僅僅數著日子，日復一日……。

數著日子？延續及其結束……前者是倖免於生命，後者是決絕的放手，深諳並非消極之認定，而是必然的降臨……就像立意暫時休筆，卻不曾止歇慣於閱讀，文字鮮活如人心的怦然、鬼魂的飄忽，生活在彷彿失措但又沉定的自我循序的某種定律中，時間無聲無息的流逝過遞著分分秒秒……不必自以為是的對錯爭執。

有人在異鄉旅次的酒後，許是微醺快意之時，忽而略微憤懣地談及島的前景及其人的理盲逐日可悲的沉淪，民粹形成變態的主流竟如時尚的扭曲，問我如何看法？

因為酒的緣故嗎？京都晚宴，米其林一星的日式餐館，造景的竹影婆娑，秋雨微濕，侍酒師宣稱出身於東京帝國大學，第一道配菜酒是大吟釀，高腳玻璃杯裏放了碎冰塊，言之入口有香檳質感……清淡如水，我只直覺到：酒之優劣和學歷高低有何關連？

第二道配菜酒是好喝的：法國勃根地白酒，多少恢復了初酒失手的信心，意識回返了預期的昂然期待卻在第三道美食端上時，措手未及的兩支突兀的紅酒，又殺掉了銳氣……這是怎麼一回事的冷與熱交織的試煉？

我只是持酒回敬，沒有回應的相對情緒：島國此時距離一千六百公里距離，隔著太平洋入夜的海水，據說又有南方的颱風將至。長年之心似乎已冰冷，偶爾不知所然的熱淚盈眶又是為了什麼？

島的前景是否？我們的島還有前景？心知肚明的只感覺到一次又一次的沉寂和不幸吧？就像吟釀加冰的突兀、白酒的救援、紅酒的墮落以及下一道未上菜色將是何如惶惑的揣測，或是自隨他去的任意與隨興了。

生命流程一杯酒……。本來就不能預告一切皆如己意，你說這杯酒好喝，他者入口也許並非合味，唇和舌流淌的過程，辨識滋味自是猶如人生。

暫別的島今夜有風雨嗎？遠方此時此地的酒食，不由然的還是一種彷彿依稀的思索和惦念……所以就別問我關於島的現實吧。沉淪或提升合應是集體意識的覺醒、反思……這糾葛、綿纏不是偶然，早已是人鬼難分的拉扯與掙持；

在日夜映照的光與影、明和暗的日常之間，我們都倦了可不是？深愛的島，讓我們早衰、疲累啊！

早已倦於再說起：那是我們曾經愛過的時代，昔時的美好期待不復存在；其實一切都是自我愚癡的想像，泡沫幻影般地用文字一次再一次的虛構最為可笑可憐的：烏托邦……本就沒有烏托邦，何以要一再的欺瞞自我的弱智？已經沒有能力再悲傷，早已失去憤懣以及評析的銳氣，已然是一方化石的自己。

帶著賈西亞馬奎斯生前最後的小說遺緒來到這似乎熟悉，卻一直是陌生之地：《苦妓回憶錄》。中國大陸的出版社直譯於西班牙文，簡體字的閱讀和辨識，多少在逐頁的索引中，顯得思考必須轉換的些許困難；其間的一段文字卻如在最闃暗的深夜裡，眩亮起星光……如神啟又如呼喚——

我們這一代人年輕的時候對生活都太貪婪，以致身體和靈魂都忘記了對未來的期盼，直到現實告訴我們未來和我們曾經的夢想不一樣，便又開始懷戀舊日……。

他在感嘆遠逝的青春吧？所以將這段散文式的自白留在最後一本的小說裡，不獨是留給自己也是告訴所有流去的時間以及逐年老去的我們。青嫩初萌的草葉、繁花盛放的夏野、壯闊潮湧的大海、泛黃凋落的秋天、雪落荒原的來臨，我們察覺歲月。

傾往馬奎斯的作家老友王定國，寫了生平第一本長篇小說：《敵人的櫻花》。他知道我此時人在京都。這是十月中旬的日本之秋，連街旁的銀杏樹還是綠意盎然，未曾轉黃。再進一杯酒，彷彿秋紅、春櫻都在遙遠的他方。

櫻花也會有敵人嗎？我兀自笑了起來，敵人啊，事實就是自己。最後僅僅能夠藉著文字救贖自己內在那隱約的痛以及某些世俗中的糾葛；偉大的馬奎斯想必也是有所無奈吧？夜夢總是放肆的侵入睡的領域……奇怪的是似乎都是與自己無關的，像早已湮遠的景物，而自己卻不在其中？或者是自己侵入他者的眠夢裡，窺探一種無以言宣的隱密，我厭惡這種無聊的叨擾；彷彿連睡眠都不得安心。

猶若春天時一次突兀的意外，右眼動了割除白內障手術，依然視覺模糊……像碎裂的玻璃，透明卻蒙上一層灰霾的薄霧。

霧裡看花最美。紅塵多色的現實裡，有時要學會不聽不看不說。有些事看得太清楚，會自苦，反挫之傷猶若夜夢的侵入，一刀一刀凌遲，不捨晝夜……不能喊痛不可示弱，一定要勇健且堅強！這世界如此教示我們。

這世界如此之新也如此的陌生。我還耽溺在文字構築的美與愛中嗎？寧願與這新世界隔開一段距離，迷霧裡兀自行路，逢花遇獸都好。

一杯酒、咖啡、一本值得重讀的昔時好文學書籍……旅行是一次再一次的回返，沒有激情，只有沉定和安靜，多麼美好，如此快意……

季節的旬食和地酒。年輕到初老，我們奮力拚搏，理想追逐著一個原以為得以給予未來的孩子一個屬於明亮、美好的乳與蜜的迦南地，我們的島……。

切莫再說這些吧，就快快樂樂的享用美食，品酒前請欣賞擺盤，你不覺得旬食美麗如花？唐津燒皿有南方薩摩丰采，荷蘭人進入九州，將陶瓷藝術帶入長崎……。吟釀及燒酎，白川和霧島各有特色，米與芋口味不同。

暮色蒼茫，旅店上燈了。臨河小酌餐前酒，水波粼粼的嵐山，對岸旅店以遊船搭載入宿的客人滑過高腳杯中丁香色透明的酒液，像一片未紅之葉漂著昨夜的夢。

我總念及以「霧島」命名的燒酎，那是學者作家王孝廉引領我初嘗的美麗記憶，在福岡。此時想著：福岡距京都有多遠的路程？忽然有種渴望的衝動，很想搭上新幹線南下，夜酒歡聚一番……他不知道我在日本。

台灣，都好吧？無論面見或來信，他都這樣問起。前些年不免談的是時事，到後來說的是彼此的生活；時光與年歲不容情的主題還是：保重身體最重要，好好的讀和寫，夫妻安度晚年。西南大學已經退休的王孝廉依然不忘少數民族研究，夏天才從俄國的庫頁島回來。

永遠記得他的洪範版三書：《船過水無痕》、《彼岸》、《春帆依舊在》，烙印般地時而重讀，羅列在書架間，彷彿彼此歡聚夜酒，黑霧島和紅霧島，好酒乾一杯！

難道，今時只能依靠記憶而活著？太平洋南北隔離一千六百公里，此時此刻的台灣，時差一小時，心卻毫無距離，恆是靜謐的存在日本文學的氛圍中；

彷彿行經在陌生人群之間，川端康成、森鷗外、三島由紀夫、水上勉等等，他們最美麗的靈魂都與我們錯身而過，從未死去。

台灣，都好吧？你說好不好呢？只有，文學最真實……

同行旅伴說：美食好酒真是極致，可惜就是秋葉未紅。

異國之夜，寂靜。只有旅店窗外河岸水聲汩汩，松濤如海音；睡吧，但願好眠無夢，我厭惡與自己無關的零碎夢境；我明白，那是長年對台灣的憂心，想忘又難忘的留情。

隱地的鏡子

十三歲的男孩，那種孤單無助的逃逸，想必就是後來墜入文學旅程的探路與首航。他一路跑呀跑，跑到了南昌街，茫然越過不知去路的臨界點，這時天黑啦，圍著竹籬笆的明星戲院也散場了。人生或許就是那般奧妙，一部舊電影剛下片，彷彿就是另一部新電影的初登場——柯青華小朋友在那街口上觸通了什麼，沒有人知道，倒是十年後，二十年後，他從那條寂寞之路慢慢跑過來了，乃至一路越過四十年的爾雅歲月，成了如今的隱地坐在他的爾雅書房裡，那麼戲劇性，也那麼生動自然。

——王定國〈書房〉

半睡半醒之間，有些夢悄然侵入，那是不快的對抗經驗；流螢般的不確定，煙火似的彷彿鬼魅在嘲笑逐年老去的自己……幾近一生的文字書寫，果真應驗了「天譴」的事實，好一段時間的立意休筆，反挫成日夜不知所措的惶惑與慌亂，就連期盼好眠之夜都有惡夢相隨。

只會和自己生氣，抗拒夢那支離破碎的方式是立即掀被起身，讓床邊書架上的各式典籍，隨手翻閱，文字說是「天譴」出自己心書寫，他者的文學閱讀反倒是對抗夢的劍與盾。

隱地唯一的長篇小說集《風中陀螺》，正是我的床頭書，因是唯一，故而珍惜；另一本則是自傳體散文的《漲潮日》……七十歲依然不老的段尚勤以及十三歲的柯青華小朋友，融合、親炙的彷彿依稀、似曾相識的情境，不就是我曾經有過的苦澀童少及懵懂的青春嗎？

夜無聲，書靜止。一杯小酒或咖啡……我交換小說及散文此二自傳體的文學書，從隱地素樸、真切的文字裡，探索相與的生命流程。

再熟識的朋友、文學前輩或同儕，平日簡訊或通話，再如何的交換生活、心事，也難以抵過從一本書深刻了解他的生命情懷；虔敬的文學比任何宗教信仰還要獨立、自主，不被律則制約，手寫己心，意志頑強，多麼美麗而無畏！印象中的：隱地，一直是如此的堅決。

心如明鏡臺，何處惹塵埃？

這是六祖慧能的偈語，要世俗眾人無我淨心……問題是紅塵十丈，塵埃四處啊！你縱然努力勤擦拭，心中之鏡亦是不時蒙塵。難道只能靠著往昔的回憶才能尋得某種安頓與撫慰？

回憶往昔？美麗不再，依舊蒼茫……？於是隱地的小說及散文，帶我們自然返回那遙遠的五〇、六〇、七〇年代，他臨鏡近水，映照的是文字留情不去的段尚勤以及柯青華吧？

不也是戰後台灣的人文與時代、歷史記載嗎？

文學史再寬闊，終究困於某種邊隅的論述，隱地近年的遺忘與備忘，無意中呈現一種有意的「微型」文學史之另類形式，後續的年代書寫，毋寧就像一面鏡子，真切有情的留予戰後台灣的人文與時代、歷史紀念。

只有還懷抱著理想和夢的隱地才能抵達。

夢啊，剎那之美閃過，更多的是苦澀與傷心……文學是生命救贖嗎？一定有某些人、某些事，猶若缺角的隱藏在想忘卻難忘的內在深處，相信一定有個人，你深愛過卻未能完成最初的預期……預期又怎麼樣？就是因為未完成所以存留著長久歲月後若有似無的淒美；如果當時得以償願呢？往後的現實可能會變幻得令你悔不當初，那是誤解及一廂情願的傷痛與憾恨了。愚癡的美夢最後竟是：生命的耗損。

隱地的小說，不由然的成為你我的鏡子；彼時的偶然，而今回眸竟是圖窮匕現的必然。

我們都是在時間、年華裡不斷打轉的一枚陀螺，晚風吹過，回首已是百年身了。是的，隱地在唯一的長篇小說《風中陀螺》前言，如此深刻、真切的寫著他的遺忘與備忘——

「段尚勤」是我五十多年前小說裡的一個人物。〈一個叫段尚勤的年輕人〉如今七十歲了，和我同年。我讓他繼續存活，假想他的許多人生經驗和牢騷，當然，有時段尚勤也是我。他的人生豐富奇特，因為我給了他一對翅膀——所有我無法做到的，在他身上都發生了。我的想像世界，就是他的經驗世界……。

這本小說是還願也是映照，鏡子裡的隱地不獨是小說初寫半世紀後的回首之旅，亦是無意之間引領你我返回往昔的年代，那失措、無從的苦悶青春……電影是夢，愛情是虛，政治是殘忍的現實；所以他文學，他出版，就是救贖也是苦難奮力的莫大恩典。

我從夜夢中幽幽醒來，幾疑還在夢中潮浪沒頂，透不過氣的假死狀態……鬼魅來吧，我倒想與鬼小酌，不喝酒可以，我泡咖啡。人與鬼在這無邊闃暗的深夜，談談似乎永遠不老的隱地。什麼？鬼不想談？那麼就看書好了。我不怕鬼，應知：人比鬼可怕！隱地之書早寫清楚。

飛翔之憶

一枚十元鎳幣，可換兩塊半四張郵票，彩印四季花果、亞種飛鳥；猶若時節的問候，或者說是一次次惦念和請安。

但見郵局、超商的員工恆是怔然於前，而後些許不以為意地探問——還有人用寄信的呀？手機圖文傳訊很方便啊！不解之眼睨我手握的明信片，經常是各式民航客機的影像。

習慣郵遞飛翔明信片給遠近朋友，事實上是分享一份自由的互勉情懷；心，要自由，人，須自在。收信的朋友回訊問及：最近又去旅行了嗎？飛機圖像各式各樣的美麗多彩。

其實，早已倦於旅行。近時反而喜愛蝸居書房，落地窗外陽台咖啡桌，閱讀比書寫多；詩人朋友笑稱我是一隻潛伏在夜深人靜的貓頭鷹。最新的散文集《夜梟》有幸搭配版畫家何華仁先生的飛鳥群像，明確透露如是意涵。

是的，潛伏自我，不因反思，不畏風雨。眾聲喧譁、拳頭與人頭的騷動和爭逐，島國的前程、子孫的未來，憂慮以及躁狂的民粹……我仰看四十五度角的台灣天空，晴藍或灰霾就像人心之不定；幾隻鳥影飛過，斑鳩還是麻雀遠遠地難以辨識，欣羨飛羽，如此地自由。

首都之城最熱鬧的商店街兩旁的路樹之間，時而可見強悍的藍鵲、野放的異國鸚鵡，盆地四圍的丘陵地帶舉目所見盡是高樓四起，砍樹剷土的折逆，鳥獸失所的被迫遷徙人塵。

只剩下大海的無垠
自由飛翔，漫無邊界
北斗七星以及南十字
人仰望，鳥抵達？

據說看不見的天使有翅膀

航高：三萬六千呎。艙外溫度：攝氏零下五十一度。距離抵達地還要八個小時……不由然沉吟般輕歎了，像擾人的蚊音在耳旁，就心虛地吸氣噤聲，唯恐叨擾到鄰座的清眠；還是感到些許歉意地側首一望，陌生的西方男子鼓著壯碩的肚腹，風箱般極有節奏地起伏，熟睡的酣聲比我的沉吟輕歎還清晰……

飛越過北太平洋換日線多久了？應該是在堪察加半島和阿拉斯加之間的白令海峽上吧？我是一隻沒有翅膀的漂鳥，認命地自願禁錮在這架鋁製的飛行機器裡，不思不想，像機艙底層的一件貨物，生命中的悲歡離合暫且不必在意：就帶我飛吧，抵達就好，抵達就好。

時間停滯。什麼時候我昏沉入睡，什麼時候幽幽醒來，什麼物件滑落在腳邊？一本似乎永遠讀不完的翻譯小說：韓國作家黃皙暎《悠悠家園》（印刻二〇〇二，陳寧寧中譯）……如貨物般不思不想的我，艱難地彎身俯拾，這才發現緊束腰間的安全帶一直忘了解開，伸手的距離此刻和那滑落腳邊的厚重小說是如此遙遠。

悠悠家園？我在離開台灣漸去漸遠的飛行航路上，急切祈盼抵達北美東岸的憂傷與焦慮潮浪般湧現。不是一次悠閒的美好旅程，竟是要做一次最悲哀、無助的小說家臨終送別；郭松棻先生的遺憾是，至死還是難以返鄉……那麼，我帶著《悠悠家園》且讀且睡，是否追念著郭先生的不捨與未償之願呢？

韓國的黃晳暎在南北朝鮮的歷史流程中，凜冽於不屈勇毅的意志和抉擇；台灣的郭松棻早已幻滅於中國、疏離於台灣的被放逐異鄉一生；悠悠家園，原鄉如夢，僅存文學得以救贖。

折翼之後，雁行千里
多年前的尖刺還留在
愛和美的傷口上
隱約作痛，難以言說
只有死，才真正回家

因為梁皆得導演和畫家何華仁，我才真正直面飛翔的老鷹。二十年漫長時光，累積無數次日夜守候，留影記載的生態紀錄片：《老鷹想飛》在閴暗的試片室裡，海闊天空、美麗的猛禽悠然展開雙翅，史詩般的一首飛翔之歌！

我，還是半世紀之前，那怯生生的男孩嗎？基隆港岸製冰廠二樓，表姊家居客廳大片木格子窗，童眸所見就是火車站月台，冒著濃黑的煙，拉著尖銳汽笛的機車頭來回牽引長長車廂的大風景……膽怯、不知何以總是蹙眉、憂愁的我，好像一直見不到媽媽？只有笑瞇瞇的阿嬤帶著我常常回到基隆，她的原鄉是暖暖四腳亭……暖暖，多溫馨的地名。

那時我幾歲呢？只記得阿嬤緊牽我手，來到碼頭水岸邊，浮木輕緩搖晃在微浪間，她指著欲雨未雨的天空說：看哦，那是「來葉」！飛得那麼美。（註：來葉，即老鷹。）散裝貨輪、緝私船、軍艦靜謐地停泊在基隆港內，遙看似風箏般的老鷹，忽上忽下的飛翔，那般自由，如此自在。回眸仰看阿嬤，心頭是暖熱溫慰。

十年以後，逐漸老去的阿嬤要我伴隨花蓮太魯閣一遊，特別聲明：搭飛機去吧，阿嬤從來沒有搭過飛機呢。一次至今不忘，多麼美好的嬤孫飛行旅次，我雀躍地指著機窗外方剛從松山機場升空的地景，告訴她那蜿蜒的基隆河就流向汐止、八堵、暖暖、瑞芳……

再十多年後，我在異鄉的採訪工作時，忽而一陣心悸疼痛，直覺：有事發生了？遙遠的電話撥回家，接話的是向來疏離的母親，忍抑卻也不免哽咽起來的回聲：阿嬤過身了……你，快回來吧。掛上話筒，乏力、虛脫地蹲下身子，茫茫然，不知所措……我在哪裡啊？最疼愛我的阿嬤臨終前，一定還念念不忘我這不孝的孫子吧？三十年了，我一直抱持這份遺憾。

終於流下眼淚，闃暗的試片室沒人看見。

老鷹想飛？生命飛翔著海闊天空的自由，死滅在人類貪婪、無限侵奪的戕害中；紀錄片裡的基隆港，稀微的三、兩隻向晚逐浪覓食的老鷹……看哦，那是「來葉」！飛得那麼美。半世紀以前的阿嬤，笑瞇瞇地這麼說。

我的雪國

穿過縣境漫長的隧道就是雪國。

——川端康成

六十年前，小說改編的黑白電影，帶我回到青春正好的母親三十歲時代。三歲有否記憶呢？我看著影片，揣想自己那時的存在，猶若在冬雪迷茫的向晚，試圖燃起一把火焰，取暖、溫熱一顆童稚、未明的心，應是最純淨。

事實是什麼都想不起來，沒有一丁點稀微的任何記憶；混沌的迷霧，六十年前的童眸回盼，一切都是白茫茫……像一張白紙，未曾填寫文字，雪落無聲。六十年後的子夜靜靜地凝視古老的黑白電影；三十歲，青春正好的母親，在想些什麼？

我的父親愛她，有些時候卻又辜負了她……很多年很多年以後，曾以小說敘述過母親一生難以言喻的失落與憾恨；她一直在無邊無涯的雪地中漫行，渴望一個真正懂得愛她的男人。我多麼心疼母親，祈盼外表堅毅、內在脆弱的她，走出冷冽的冬雪，迎向盛夏的繁花。

相信，此生曾經有過值得深愛的人。

那是川端康成歲月裏，深切的真實經歷或是哀美虛構的小說情境？猶如前期不朽的名著：《伊豆的舞孃》終究是無緣的告別，青春初萌的情懷，就讓一艘交通船帶著微鬱的高中少男離去，那十四歲的舞孃用力揮動手中的絲巾，喊著：再見啊再見！風吹過，只留幽長卻若有似無的淒清，終究用小說保存了下來……。

文字閱讀在於情境揣測，電影靜觀則是人景合一的直覺感受；飾演島村的池部良眼神是那般地多情、微鬱，駒子角色的岸惠子如此嬌美而純淨……六十年後的美女俊男而今安在？是否如此時夜眠的母親年已九旬，時而記憶飄忽、挪移在零碎、錯亂的時空裏，喃喃自語、流淚或微笑都難以求索她真實或虛幻的情緒。因為關照，憂心，我也在某個冬雪的情境裏時而不知所措。

衷心祈盼：母親睡得安穩，如果有夢，就回到了少女時代最美麗、無憂無慮的年華，憧憬以及懷抱希望的幸福等待；鬼魅般地不快昔憶切莫悄然侵入深眠，畢竟失落和憾恨都過去了。生命，究竟是怎麼一回事？誰能真正透徹？

冬雪的情境裏……我不也幾近一生以文字不斷的探問、求索？雪冷，心卻格外純淨。

黑白電影中，成一字形排列的孩子們，每人手持一支火把，唱著越後湯澤的童謠，舞蹈般遊走在夜雪的大地，像倒掛的星群，那般瑩白，如此潔淨……只有童年才是我們最初的美與愛吧？冬雪再冷冽，到了春季，花開滿山遍野。

我是如此地相信生命的明亮希望，像雪地孩子手上的火把，閃爍如星，熱炙暖心。

常常開車穿越台北與宜蘭交壤的雪山隧道，名之「雪隧」，隧道無雪。十二點九公里在層疊的重山峻嶺之間，兩條水泥管子的遙長穿越，限速九十公里，時而有提醒行車安全的播音響起，迴音如鬼聲，其實是聽不真切……彷彿十二分鐘被禁制在全然封閉的空間裏，善意要駕駛者行車莫急，安全唯要。寒流來時，前往宜蘭，總是想到：雪山是否會下雪？哪怕真的下雪了，在漫長的隧道中，什麼都看不見。

文學的宜蘭，意識自然浮現幾個不忘的名字：黃春明、邱坤良、吳敏顯、簡媜、林煥彰、李潼、廖蕾夫……後二者總讓我哀悼他們的早逝，生前談及文學，川端康成是我們相與致敬的名字，青春年代的苦悶，誰人不讀川端的：《雪國》？那自我放逐於越後湯澤的畫家島村、藝妓駒子、由愛生恨的葉子……。

沒有日本文學的滋養，戰後的台灣，怎會有本土文學的延伸和作家的展望？在獨裁體制的嚴酷下，我們閱讀著：夏目漱石、芥川龍之介、川端康成、三島由紀夫……等等的小說，自尋一個尊嚴而美麗的心靈純淨，逐漸從懵懂、愚痴到清澈地真正認知：好的文學是什麼。

除了三千公尺以上的中央山脈，台灣少雪，人心卻一直在冷冽的冰雪中……二〇一六年此時深秋近冬，我們生死以之的島國依然在政爭、虛矯、謊言三合一的氛圍中，一再複製著意氣、粗暴、膚淺的更為沉淪墮落……冰清玉潔之雪，是憐憫還是可悲？政客不配讀文學！

名之：「雪隧」，隧道無雪。至今我仍深切想起亡故久矣的兩位秀異的宜蘭小說家：李潼（賴西安）、廖蕾夫（廖風德）的文學典範……如若兩位文學知友還勇健存活著，我行車經雪山隧道抵達宜蘭，一定要帶一瓶好酒與之三人共飲。揣想天氣異變，蘭陽平原竟然落雪紛紛，我會持酒以敬，吟唸我們不忘的川端康成：《雪國》小說卷前的名句——穿過縣境漫長的隧道就是雪國……。

李潼及廖蕾夫一定會糾正我向來眷愛日本文學的哀美偏執，齊聲說道：不對不對，阿義啊，你要說——穿過縣境更漫長的隧道……才是，宜蘭。逝去多年的文學知友啊，在人鬼不分的夢與醒的現今島國迷霧裏，你們的魂魄還憂心人民與土地的不幸吧？拂曉前看完六十年前的黑白電影，我要重讀一次：小說《雪國》。

人鬼之舞

終於到了某一天，我們必得學習全然的噤聲不語，徹底的沉默，而無關於絕對孤寂。

猶如回看昔時留下的文字，創作幾分斟酌或保留，欲言又止；反而日記最真實，當下的情緒感思，不必被他者看見的悲歡離合……隱匿內在的心，時而黑暗，時而光明？相信過的初衷何以日後背叛了，為何如此？大環境的現實必然折逆、馴服，不得已的妥協於理盲屈從「主流」的群體意識，這是人云亦云的大不幸。

更不幸的遺憾，合應是人死後的鬼魂吧？至今不曾聽聞生人從死後重返凡間，幽靈之說卻流傳幾千年，虛實難辨的陰陽之謎。想是人生在世，諸多愛恨情仇、未償的願望、佛家所言的「貪嗔癡」使然的不捨與未明吧？

佛世尊悉達多圓寂之前留言：「無我」二字，兩千多年來，庸俗如吾輩依然不能澈悟。

但丁的：「地獄」。基督教嚴酷的定義在「審判日」之時，善者上天堂，惡者下地獄，一分為二的毫不容情……死後的人不曾回來，生命幻滅，魂魄漂泊？鬼之說，夜霧般迷濛。

迷濛，恆在人的內在，疑心生暗鬼嗎？明與暗，光和影，時而清晰，時而朦昧；經典一再力求詮釋，善知識或惡警示喻義提升的哲學語詞，哲學？試圖解惑卻教人更為迷惑。

詩人說一朵花可見世界
花美卻易於枯萎
世界被收藏在一顆
水晶球般的星體裡
脆弱且易於受傷

我，是否就一直是，脆弱且易於受傷之人？更明白的自知：脆弱事實上是懦弱，受傷是自以為是完美的索求。

這是一種天譴嗎？對著鏡中的自我探問。

也許是報應吧……鏡中人冷言回答，容顏剎那間凜冽了起來，彷彿下一刻，暴動就將要發生，對視之我，不禁一陣寒顫了。

——曾經有段時間，你說了太多不該說的話。

——直覺的率性吧？我的文字不也是如此？

——不懂得有些事要學會隱藏和必要的保留。

——公領域的評比，不就是要直言不諱嗎？

——私領域的你，才真的像完美主義的自己。

……一時間，竟然為之怔滯地無言以對。鏡中的自己是自己嗎？夜深人靜，恍惚之間，彷彿是人鬼對話，那是未來死去的我？

鏡中是鬼，鏡外是人，虛實難分的默然。

我思索著：直言不諱的直覺與率性……那果真是自傷與傷人，濁世浮沉，少人會聽真話實言，你自認是出於善意，他者卻聞之刺耳；這是我己心的盲點或別人的隱痛？於是隨手取出宗教經典，對照異同教義，作為懺悔和省思的告解與試圖的虔敬救贖，祈盼有所助益。

由此可見：頑強之外，還是脆弱且易於受傷的自己啊！啞然的自我嘲笑，也很好。

切莫輕率的準備戒指
向如花綻放的女子求婚
雙心交會，實質陌生
我願意——如是虔誠
鋼琴突兀地堅持走音？

琴弦斷裂的忽然不幸。一杯酒有時可以換來一個故事……起先是我談到法國小說，一百五十年前的作家梅里美名著：《伊爾的美神》La V'enus d'ille 散文詩般美麗的文字，描寫愛情原本幸福卻發生了驚魂攝魄，新婚之夜死亡的事件。對坐之人頓時灰黯了前時歡愉的神色，我小心翼翼，不安的緩聲問起，是我說錯了什麼嗎？他回答沒有沒有，很迷人的精采小說啊！只是……我想到，這是一個信任的問題。

小說情節（一）：即將完婚的男主角在不經意的路過已形廢墟般的美神雕像前，輕浮隨意地示愛，猶若嬉戲。

對飲之人：憶起自身婚約折逆的往昔——我的遠行回來竟讓女子誤認去會遠方舊愛？

小說情節（二）：是迷惑還是戲謔？將訂婚戒指套入美神雕像的無名指上竟然忘了取回，他似乎也一時失去了記憶……？

對飲之人：她詰問我是否？我故意說是！

小說情節（三）：新婚之夜，爛醉的新郎上床，被一雙青銅之手緊擁不放，驚醒一看，新娘已慘死多時。

對飲之人嘆說：沒有信任，何必婚緣。

小說情節（四）：新郎被折斷頸椎，美神雕像無名指上的訂婚戒指，猶是閃爍著曖曖的寶石之光，彷彿，許諾的永恆不渝。

對飲之人再重複一次：這是信任的問題。

我，敬謹地敬他一杯酒。小說家梅里美如若魂魄有知，定會笑說：酒換故事多不幸。

滿座衣冠似雪……
天真無瑕的四十年前
娥眉不再，神州何方
回不了原鄉的南洋，而今
嗜血的衣冠滿座

彷彿依稀的印象：木柵馬華僑生的公寓，留著小鬍子的詩人溫瑞安將之命名為「試劍山莊」……好像時在深秋，詩人羅青帶著我和詩、散文、插畫三者兼美的李男前去拜訪。

日子正當少女的方娥真，文字如人般地摺扇中的溫婉女子，似乎詩社同仁都有一個武俠小說似的名字；日後我以「陳劍誰」稱呼九歌出版社總編輯老友陳素芳之時，她還是為之心驚！昔往猶若點鬼錄，素芳合應寫一本書。

溫瑞安應是天生的好詩人，怎麼自逐香港盡寫武俠小說：《四大名捕會京師》？天真無邪的詩人，已知世俗本就如此之現實殘酷，典雅是表面，殺戮才是真面目。神州終究是古代，鬼聲啾啾、人頭落地，那正是歷史中國千年來的詛咒，滿座衣冠似雪？當在相與逐漸老去的歲月，終於了解衣冠滿座的今時是如何之嗜血……人吃人的社會！魯迅早就以先知預言。

不也是我生命中想忘卻難忘的記憶嗎？以為用最純淨的文字，試圖在最黑暗的年代，呼喚黎明的真正到來；溫瑞安祈盼的是中國，我渴求的是台灣……人的喧譁，鬼的沉寂。青春時候如何的愚癡及其一廂情願的傾往，愛過的時代、無悔的堅持，執意編織著一方夢土，其實連在夢裡，輾轉反側，都是那樣的苦澀而艱難。

永夜，是我們的領土
一直都在黑暗中
貓頭鷹最清醒……
思索著生與死的本真

鬼在狂歡，人在沉淪亡故之後的靈魂不捨的回到舊居，從茫茫夜霧深處漂行而至，生前的榮耀是否依然不捨？終究重逢的，還是自己的房間……放不下的人間繁華吧？曾經的頭銜、獎項、定位，都留在一本口述、委人代筆的回憶錄厚實的書中。大義凜然的口述生平行誼，代筆者虔敬且謙卑的記寫；某些事可以明說，某些事隱藏心底，直到人死成鬼，才自覺：遺憾。

多少人用心讀過一本厚實的回憶錄？

印刷行世的書很厚，內容是否誠實？

有人還未出版回憶錄，卻早被小說家形容是：「說謊的信徒」。文學比歷史真實！前人如此說過。暴烈的叫「革命」，溫柔的叫「改革」……如果是革命未竟、改革未成，那麼留下的回憶錄又能印證什麼呢？

彷彿不見天光的永夜，鬼魂才能回家，返回自己的房間，猶若維吉妮亞吳爾芙同名小說一樣的不知所措。回憶錄傳主不曾讀過這本名著，但是看過改編的電影，驚見早富盛名的作家沿著蕭索如秋的春天河岸，撿起沉甸的石塊一一置入裙袋裡，而後凜然地投河自盡。

其實，有些事，我想說……鬼思索著，自言：再讓我重讀一次回憶錄好嗎？伸手試圖抽書，竟然如空氣般穿透的難以觸及，在永夜。

倒影水晶

我們都被無情的年華逐老，我將你最青春、燦爛的一頁予以凝固，像水晶球包裹著千萬年前的冰河遺雪。

十多年前的子夜通話，我真切的期盼精準於小說的你，為我方剛完成的七萬字小說命題；我初訂名為：《流離》，你深思片刻，提示：何不就叫：《流旅》呢？流離二字太多了。

醍醐灌頂般地，夜的時間猶若窗外不遠的河潮微音，彷彿依稀的想及，某個新世代的作家新書就在近時出版，名之：《流離》……想來也是，不予掠美，遂以「旅」代之「離」。

長年的異鄉旅行，並未真正離去。你說。

真正離去的，似乎就是那青春正美，文筆秀異的新世代作家了，自殺殉命，還那樣的年輕啊，黃宜君……邱妙津也是。都說是：憂鬱，毋寧是自求文學精進的，絕對完美主義吧？

離，是一種生命的不幸，比死還冰冷。

旅，是一次思索的重生，比愛還永恆。

事到如今，完美主義早已定型於你我對文字的索引及尋求，年華如秋，憂鬱反而是大環境直面所有人的反噬。夜再黑，人默言，你的小說五年來且以五本書，冷熱相伴婚愛，櫻花的敵人盡在最黑暗深處，眨眼難以忘情之心。

尋找：王定國？不須苦求，你在小說裡。

二〇〇五年西洋情人節，來自東歐的風景明信片是冬雪旅次的思念，水晶般剔透瑩潔，那是妻子九千公里外的深情回眸……。

她的清晨是我的子夜，我們的心零距離。

她遠遊在外，靜好的美景如畫；我緊守書房，讀和寫的子夜祈待拂曉天明，白晝來臨時必得暫且收束溫柔質性的文學傾往，現實如激浪亂雲，時而詭譎時而獰惡，我必須頑強且不馴地直面大軍壓境般的異議和辯證之峻厲。

親愛的妻子，明白丈夫是怎樣的一個人？人的迷惑、鬼的糾葛、神的疏離……眾聲喧譁時，我慣於離群靜思；人云亦云時，定然著力索求真話與謊言的分別。妻子很辛苦也委屈，竟然丈夫是如此和世俗格格不入、不合時宜。

還是充滿包容的情意，帶回一幅令我驚豔再三的異質影像，攝自布拉格的雪夜幽深——彷彿吸血鬼們在狂歡之後，留下了一盞忘記切斷電源的水晶燈？熒麗的金色光照隔著大片透明玻璃，背景牆面血紅的印記如在迷離詭異的永夜裡，彷彿百年前鬼魂幽怨不去的奧匈帝國深宮內院的一角……隱藏著未解的霧般情節。

霧般情節的永夜？彷彿依稀，若有似無，合應更是小說的聯翩想像，人鬼神三合一的剝離和解析，只有文字得以虛實相互的完成。

妻子說：本來是要刪除的，有些朦朧呢。

朦朧反倒突顯迷離幻境的深意。我回答。

因為隔開一層透明玻璃，些許的疊影回映，垂吊貼地的巨大水晶燈，琉璃光暈互照如繁星……終於此一異質影像成為《流旅》書封。

北緯七十度以北，永夜和永晝各分半年時間，據說，北歐人本性凝定如岩、凜冽若雪，其實由於季節的轉換，因而質感明顯的沉鬱。

極光之永夜，仰望彷彿是草原綠郁流動的倒影；水色的抒情，音樂與詩的意境……北方更北的遠方是冰原大陸，廣瀚無涯的北極地帶，白熊群落漫行千里，盡是寒天凍地的雪色。

白熊如雪的生命實相，臨水映照自睨倒影是否初見一時驚怔！浮冰或斷層、旅狐及鮭魚的獵食，怎會水中潛伏另隻同類彷彿孿生？熊在浮冰如舟人，踩行斷層間那堅實的千古冰崖，荒寒無歲月，最潔淨的水凝凍成冰化石。

冰化石精磨成水晶球，至今依然是我書桌左側最美麗的收藏；來自一九九五年元月十四日凌晨臺中寒夜淺酌的王定國。彼時棄文從商的好小說家，雖言從商專志，酒話還是不曾離開文學之眷愛，但見滿室晶瑩亮麗的大小水晶球：帶一顆回家，祝你好運氣。他溫暖的說，且在同時持贈的小說集扉頁寫下——

七年前的末代小說：《我是你的憂鬱》，七年後的水晶之夜，敬送文義

——王定國19950114 凌晨下酒

二十年前的臺中寒夜竟然不冷！二十年後書寫此刻凝視著座前這包裹著，千萬年前冰河遺雪的水晶球，印證年華逐老不由憶及的青春，最美麗的知心相惜，正是文學終極之信仰。

可能是早已被遺忘的小說，美麗的、值得惦記的反倒是妻子雪夜留影的布拉格……。幽深、靜寂、血色牆面，垂吊而下巨大亮麗卻有些蒼茫情境的水晶燈，隔著一層透明玻璃，那是我猶疑不決的深愛吧？因為祈盼真情實意，因為懼怕不意間辜負妻子的相信與護持。永夜般的恍惚，鬼魅似乎挪近，冷的雪，熱的心；不禁一陣凜冽的寒流淌過胸臆，稀微地疼痛了。

有一天，我將告別這愛恨交錯的人世，未償的心願也許化鬼夜行，夜霧帶著我天涯海角，無境漂流；那麼鬼魅之我，一定要去尋訪布拉格……妻子留影的那盞水晶燈，還在否？

蟻丘

數千年後人們決定重建
巴比倫塔直達天際
再也看不見地上的自己

開瓶器造型的九十層新建辦公大樓登臨最高處的觀景臺，那是一個深秋的夜晚，異鄉大城市華燈閃耀，俯視果然像遍地珠寶光。

年少時先後拜師學畫的大師兄，如今是豪氣干雲的影視基地總裁，深諳場景建構、移山倒海的可在一個月之間，蕪地頓時築成一條時髦、亮麗的四十年代香港大街且鋪上電車鐵道教堂模樣的別墅，宣稱沒用上一根釘子。

有什麼感覺？第一次來上海的你。他問起。

沒什感覺。我淡然回話：真的沒感覺。

梧桐葉掉滿地的夜街，隱約的舊時代石坊巷弄的微光，反而想到的是小說張愛玲。她輕巧而秀美的少女時光，窗外一望，淡眸支頤，筆下未竟的文字想的是什麼呢？

同樣的深秋夜晚，同樣落了一地的梧桐？

生於文字，死於文字，合應是：宿命。

旅店窗外露臺，枯萎沉睡的紫藤架，蕭索如我靜謐的心，直視前方，那開瓶器造型的上海第一高樓已經熄滅本體的照明，頂端的航空防撞警示燈鮮紅如血，像這中國的嚴酷本色。

有什麼感覺？沒什麼感覺。還是有感覺的子夜獨處時分，只是不解：社會主義的堅持何以這麼容易就被資本主義逐漸瓦解呢？百年前的馬克斯如若地下有知，一定非常難過。

貝都因牧人美麗如畫
謎般地純淨無瑕
夜棲泉水，日沐黃砂

漂泊與放逐，如何真正的定義？以漫長十二年時光勤寫新文學史的老友，如是形之於我，想當然爾來自文字的索引聯翩，感知某種的疼惜與揣臆。定義於：漂泊或放逐其實也沒什麼不好，切莫因文字風格確立反而誤解是：沉寂和哀愁了；更確切的是我的自得與自在。

向來崇尚自由主義之我，率性卻非任性。生平索求真實，文字與人格不容許切割。早就明白，這樣的生命，自是非常辛苦，縱然辛苦，也不妨苦中作樂，桀傲不馴吧。

似不合時宜的異端，若即若離的自求誠實的存活意義，總是祈盼大環境而非僅是完成自我的正直與公平；慣以冷眼心熱的睥睨那些似是而非、虛張聲勢、張牙舞爪之群，我的文字試圖在夜暗中尋找拂曉的微光，事實印證是椽木求魚的徒然……。

因此，所謂的：漂泊或放逐就有意義了。

人們忘情地迷亂於某種符號般信念之時，有人疏離的靜靜走開，寧願撤自群眾的記憶、世俗裏的紛擾與爭逐，反思自我存活的理由。

多麼欣羨在昔往的旅行途中，巧遇謎樣的貝都因牧人，那雲團湧漫而至般的羊群，就像乖巧、思索的孩子，水井邊綠草如茵，無花果樹蔭下，一身與沙漠同色的袍子，琥珀皮膚中流動的是怎般動靜相與的血液？貝都因牧人。

偽飾天際線的安住
我們都是螻蟻

王的新衣，心的廢墟。房地產時而慣用的新樓華廈命名——巴黎、米蘭、紐約、雪梨……何以不是——台北、台中、台南、花蓮……？巴黎有條美麗、潔淨的塞納河，你遷居到昂貴的所謂「豪宅大戶」旁邊竟是一條污穢的臭水溝。我佇立高樓，露臺上巧思的小魚池旁種植一株九重葛，紅花綠葉用來遮掩俯看無邊無際的鐵皮屋加蓋的公寓樓頂醜陋無比的違章建築，我的住所叫：紐約？

就裝作什麼都看不見，看不見最好。

就像看不見的政府，眼朦心亂地忽視人民，著力於爭逐與私念，勤勞的人民再勤勞，逐漸寒冷的心無從安頓；政府則是一群無頭蒼蠅不知所措、左支右絀，口號治國莫此為甚。

他就住在一棟名之：米蘭的高樓，引義延伸的在豪華的客廳牆間掛了幅複製的「蒙娜麗莎的微笑」，阿Q的敬我一杯義大利托斯卡尼的陳年紅酒，不知是自嘲或是高傲的說——至少，我知道達文西是來自：米蘭。

終究是喝人嘴軟，我不可以訕笑，那就一起來阿Q吧，我說寒舍就叫：太平洋。問題是窗外所見不是汪洋大海，竟是被截彎取直的基隆河大彎段的遺址，舊河道被移流到一公里外，如今所見是隔街的重樓繁廈，大海何在？

我們都是最卑微的蟻群，卑微地聚居在圍困自己的蟻丘裏，囁嚅的生，靜默的死。

B綠蟻鬥藍蟻互罵
O輸者退場贏者全拿
T詛咒之島

我們的家終有一天，子孫們會半信半疑的指著昔時的老照片問起：曾經環繞盆地四周的山林何以全然失去？只見人造的蟻丘般層疊的樓群，早已替代被砍伐的森林以及切割盡淨的土地。也許蒼老到甚至已經臨死的老祖父，會在半失智的遺忘裏，半夢半醒的吐出斷句的BOT。

追憶逝水年華……子孫不會記得百年前囉哩叭嗦、嘮叨繁瑣的普魯斯特肚臍眼小說，什麼法國莊園的幽深、麥田與葡萄園的壯濶……就算最後一口氣吧，老祖父還是要迴光反照的告訴疑惑不解的子孫，不忘幹聲台語國罵——

首都有個大巨蛋，十足的混蛋加三級！

市內歷史性的機場長年躁音？摩托車汽車的引擎、喇叭聲比飛機航班還要猖狂！政客們夸言主政後一定遷移，要轉化為綠樹草茵四處的中央公園。騙鬼不喝水？圖利財團到時又喊BOT——水岸豪宅附送蚊子館，豈有此理？

雪山隧道長度十二點九公里，純樸的東北角大片農地稻作幾稀？種滿豪宅及民宿，大家一起炒地皮，這就是典型的資本主義。

終有那麼一天，登臨玉山頂峰不勞攀山越嶺，高空纜車直抵三千九百公尺，那裏自然會有六星級超級旅店，酒和咖啡伴你巔峰得意！

不再的綠樹、剷平起高樓的山絕水滅的未來；親愛的子孫們，這樣回答，可不可以？

妳與我倖存兩千年

夢中是古代的龐貝

愛欲極樂時被摧毀，那神大言不慚的明示：就是要懲誡你們。

那神又說：信我得福，逆我必死。

倖存了兩千年依然困惑的一雙戀人，終於勇敢的直面夜霧幽深之處，探詢那神的稱謂……火焰和海水及沙漠三合一的那神猛地怒吼，裂解地表，掀起海嘯，狂風暴雨，未應其名。

於是，戀人斷念的再次出走，如此孤寂。

原來啊，我們只是一群螻蟻，蟻丘藉以暫且安身，纖弱易折，逢逆易挫，流離且漂泊。

只有愛欲才是僅有的存活真義，請讓妳我的手握得更緊密，兩顆虔誠的心更貼近且融為一體；我們在無邊的荒原中漫行，永不孤寂。

人不為己，天誅地滅？貪婪以及懺悔，秋時偶而飄落一枚菩提葉，是否就是逐漸凋萎的心的形狀？那一年，繁花似錦的城邦龐貝，我的前生多麼美麗的迎取心愛的戀人，妳有一雙海水藍的眼睛，新嫁娘羞怯地從一棵月桂樹的暗影裏，白紗如雪的悄然向我輕緩挪近……。

兩千年後，彷彿依稀被深埋在火山熔岩底層的龐貝古城，妳我的前生早成化石，靈肉合體的愛欲姿勢成了今時被擺置在博物館裏的展示，至愛的戀人啊，我對妳的深情永不消遁。

我時有眠中惡夢，人群若螻蟻，百折不悔地一再一再一再奮力構築高大的蟻丘，那是貪婪且懺悔的巴比倫塔，還是要天問那神之名。

看不見的神隨手一推
無數蟻丘應聲幻滅

我們的島，何如稀微？雖說已厭倦旅行，卻也繽繁的一再進出國門。離去的客機舷窗俯看，北台灣海岸線一疋銀灰的潮汐，彷彿預告三小時後抵達的北國可能降雪，幾柱風力發電的三支葉片緩轉如花之綻放。黑色的海峽，總是詭譎著對岸的不確定。

確定的反是回程時微憾北國初冬仍未遇雪。穿過濛濛厚沉的雲層，無論是陰雨或晴朗的接近地面，總是返鄉親炙的桃園大片田野清晰在望；千百個農家蓄水潤畝的池塘，天光雲影的明亮水色，就像迎接旅人返鄉熱切的眼眸，多情地回盼……多麼美麗的江山如畫。

那才是不久前的印象，如今從機窗俯看，池塘已被高樓逐一湮滅，無數的廢土填平為地基，農田變更為巨型的跨國購物中心；官員們大言不慚的宣稱這叫：「航空城」。還有蛋黃和蛋白的區分，貪婪的蟻群合力狎玩著金錢遊戲，共犯結構的蟻丘，一再吞噬、碎裂大自然。

老友陳銘磻是新桃園人，寫了一本桃園文學地景之書：《國門之都》（二〇一六聯合文學版）。溫厚的文字有他隱約不忍的沉痛……。

我們生死以之的台灣母親，是否暗泣長夜？人民如蟻，安住蟻丘，什麼都不必看見。

再情書

賣白茉莉的女孩從窗前輕盈的走過去，叫賣聲傳得好遠，並且滿巷都飄滿茉莉花香。我驀然懷念起南方的鄉莊來了，夏季裡南方的草原上葵花是否都開了？葵花啊葵花……曾寫過一首抒情的短詩，沾滿著七月葵花的香息，我將它藏匿在舊日記的扉頁裡。那時還仍是懵懂的少年，夢幻比誰都多，都圓美；懂得憂愁之後，我卻沉默得像終年踩著滿林凋葉的旅人。

你應該在你的髮間綴一朵玫瑰，那麼所有寫詩作畫的人便會說你華麗、俏媚。我們曾共舞過幾支史特勞斯的G調圓舞？我們曾幾次相伴走過那片狹長的海岸？那時我們唱歌的聲音有多大，我們的舞姿多翩然。沙灘上踩出同樣的足印，我們走了好長好長啊，像一世紀那麼長。如果海風不將足跡用沙子掩蓋，再一次潮漲時，浪花也會將它們輕輕拂滅的，我們的故事也將宣告休止。

那天在海岸，臨風小立，思緒裡蘸滿著海色，我的眼眸也深深藍藍。有輝光自你髮間悄然亮起，我便分不清是凌晨的星子抑或是夏夜的螢火了。我們隔著多少距離？遠嗎？遠的像億萬光年外的星體那般遙遠。近嗎？近的像你我凝視時眸與眸那般窄密。來年的夏季，我將一個人去綠湖輕盪蚱蜢舟，載一船檸檬色的滿月，載一船濃濃郁郁的思念。

——一九七二〈多雨的海岸〉

那時齊東街還是綠樹、竹籬的農莊小鎮風情，日本殖民時代留下來的木造建築就成了公家宿舍，說是街，事實上狹隘得如同長巷。想像四十四年前，一個遺憾於考不上嚮往的美術系，嗜愛繪畫的沉鬱少年唸傳播，竟然被同校美術系主任指定成為他的助理？原因是——

這是你，發表的散文吧？他凜冽地問起，揚著右手中一張聯合報副刊；我自己都不知寄出不到半月的散文，竟然很快被刊出了。

多雨的海岸？哈哈，少年已知愁滋味了。平常不苟言笑的美術系主任，溫暖的笑意浮現：已經讀過你幾篇散文了，寫不寫詩呢？

感到一時羞愧、困窘的我，臉紅的答不出話來，意識直覺的是唯一不逃課、教戲劇的帥氣老師，傾慕他在晨鐘版的詩集：《深淵》已是極有盛名的詩人瘂弦，一樣是同般問起——

知道你寫散文，可以試試寫詩……。

夏日蟬聲躁耳，美術系主任在齊東街日式宿舍庭園裡的小迴廊作畫，那麼沉穩而安靜，彷彿喧嘩的蟬聲絲毫不曾動搖他的油彩及線條的堅決自信。聒噪的暑氣間，隱約流暢如清泉的鋼琴輕音，舒曼的小夜曲……系主任音樂教授夫人的巧美演練，多麼美麗的藝術佳侶。

有一天，系主任又指著報紙兒童版，不是欣慰的稱許，而是意外漲紅著臉對我生氣——

怎麼不好好寫散文？漫畫，沒水準！老師告訴你，要隨我學畫，就別給我畫不入流的東西；文學和藝術的態度，一定要虔誠如信仰。

尊敬的老師，終究對我有很深的期許吧？

帶著感到些微委屈的我，含淚的走出齊東街，出了濟南路，一時竟然不知何去何從了。西門町新世界戲院右側巷口二樓的「天才」咖啡店夜晚才開門營業，學長張時雨每晚都在那裡為客人畫像，多的是樂於暫筆暢談繪事，若信步到兒童戲院對街窄巷裡的「天琴廳」畫外畫會的成員每周聚會，相互辯論各種流派的演化……我恆是最忠實的聽眾，從十八歲開始。

被老師正色詰責是首次，說何去何從許是短短幾分鐘的沮喪，我總有一個心靈的秘密基地可以逃遁、淨心怡情——年少初習文學，時而以之作題的淡水小鎮，自引為：「感情的圍城」的美好所在……。帶著前葉珊後楊牧的散文初集，小小的狹長四十開本文星版心愛的好書。

書裡的：〈陽光海岸〉是我臨摹完成的：〈多雨的海岸〉。前輩之晴，晚輩的雨，就這樣成為最初的文學啟蒙，那是昔時靜美的淡水，紅毛城的荷蘭與西班牙遺址，美和愛、夢與孤寂；四十四年後的此時，二〇一六年冬夜，我彷佛回溯返鄉的鮭魚，擬境摹意的寫下——

再也不曾聽見有人在窗外賣花的叫賣聲，倒時而伴隨喜愛蒔花弄草的妻子，拂曉之前攜手去內湖花市買花；她最心儀香水百合以及秋天的桂花，少時記憶裡的白茉莉還在嗎……？曾經為妻子寫過一本情詩集，合應是香水百合與桂花的香息，我記載著買花的季節留在逐時的日記中。已是晚秋之年，還有夢嗎？憂愁屬於年少，而今沉默但不孤寂，只求靜好安頓。

妳在水晶瓶中插上十一朵玫瑰，猶如寫給妳的情詩——一朵是愛，十一朵最愛。我們竟然不曾共舞過任何舞曲？但在相知、護持的人生旅途裡，比舞還要美麗，比歌還要昂然。異鄉春末櫻花雨紛紛，赤道邊緣的島嶼迎著暖風，妳溫柔的髮鬢插著一朵瑩潔如雪的雞蛋花；沙灘漫行好長，足印緊密的連成愛的印記，不必掛意再一次潮漲掩去，我們故事永無止盡。

海岸無雨。晚霞燒紅半天邊，深藍泛紫入我凝視妳的眸色，那是希臘二〇一五年的初夏。有輝光自妳髮間悄然亮起，明月和落日交換時間的邊境……。妳我沒有距離，遠方和近處都是一種自在自然的信諾和傾慕。來年的春秋，我們再去賞櫻謁秋紅，那一艘夜來點起紅燈籠的遊舫；月色正好，星光燦爛，山與海美麗無雙。

繁花聖母

祈她垂憐，盼她知心，為永恆的女子點上一盞白燭……未語而半跪，我低首而後仰看，背景那栱型的彩色鑲花玻璃，午後的天光剔透，靜謐地灑落夢幻般虹暈，她遂格外聖潔了。

——〈歲時紀・夏〉

那巨大、疼痛的撕裂，像星雲間隕石相互碰撞、磨擦地尖銳和峻礪；新生命誕生的第一聲嬰啼——幸或不幸的自我宣告未知的降臨。

臍帶剪斷的那一刻，難道是茫茫前生最後的稀微記憶？如若真有前生，也許曾是百年老者，參透過千思萬念的世事紅塵，或者是懷抱著未償的愛欲之憾，再生於此刻成為母親的昔時戀人……妳是我的夢，我的愛以及不渝的綿纏；就連最神秘的奧義之書，都難以詮釋。

罪與罰的輪迴？嬰孩的誕生時是母親的受難日？經典這麼說著。親炙於懷抱在胸脯間授奶的母親，在十個月前，這雙豐饒的乳房是被某個男人粗暴或溫柔地高漲情欲所揉搓、吮吻……近處的母親，遠處的父親，似乎熟稔又如許陌生。那男子究竟是誰？誰又是嬰孩前生？

於是我決定侵入夢的邊境，睡與醒分野了思索，祈願一切的時間歸零，嬰孩和老人之間的現實走過寧願留白；聖母垂憐，浮夢於福音書裏的第幾頁？都是文字延伸而下的「？」問號，不是懷疑而是自己揣臆的不確定。

聖母啊，那在遠處的男子，是人還是神？

漂浮於夢，詭異的霧茫茫，漫無邊際……我，應該背脊兩側有一雙翅膀；像五百年前文藝復興時代，拉菲爾濕壁畫中的微笑天使，白如雪潔淨的羽毛，可以蘸墨用來寫詩示愛——

晚雲霞照的泉井旁小坐
鴿子斂翼後溫柔如是
妳是無瑕純淨的牧羊女
汲泉清美的水質肌膚
晚雲過後初月皎潔
回眸顧盼的深情婉約

彷彿幽幽甦醒過來，卻又昏沉沉的入睡。夢在漂浮，霧茫茫的詭異……怎麼是一雙夜蝠的薄膜帶刺的黑翅膀，從我突然劇痛的背脊間穿肉而出？是否額間會在下一刻長出兩隻石灰質的尖角，而我明澈的眼睛轉紅如熾熱的火焰……啟示錄那一章有沒有這般地警示呢？

那是妖嬈、華豔的美色，那是鬼的狂歡、神的墮落、人的失措。紅唇泛著誘吻的水光，胸乳猶如蜂蜜的甜潤，小腹間那濕熱的吞吐；焚城前夜的尼羅暴君的酒池肉林。你，要不要加入那古代的派對？我在夢裏問起，隱藏在最深最暗的夜霧中的自己，狂酒縱欲可不可以？

小說家老友宋澤萊的婉言忽然在耳，他曾說：讀四福音書，你可相信這人間有神的存在。這半生相知疼惜的文學高手，從未要求我必得信仰什麼，從早年的習佛到近時的基督，他沉靜地提示我，相信什麼就是什麼，最重要的是一定要相信自己的知覺，不被外在制約。

如是神，有疑惑嗎？如是鬼，暗泣過長夜麼？這是我的猜想。至於人，遊移在善與惡、光影明暗之間，永遠是流離在夢和醒的邊境。抗不了誘惑，悔不去錯謬，是原罪還是天譴？若是原罪，人是多麼無辜；若是天譴，人是何等不幸。生而何辜，死而無憾……孟祥森生前相與酒聚，笑言如此，晚輩我敬他一杯酒。

情與欲最真實
酒液是唇和唇交換
愛的堅決信約

黑夜比白天誠實
人鬼神此刻最安靜
翻閱一冊無字之書

所以，和拉菲爾同時存在的達文西名畫〈蒙娜麗莎的微笑〉是那樣的意有所指。譎異的山河背景是迷離幻境，不在米蘭不是翡冷翠，也許是畫家和這女子做愛的床邊絲帘，神秘的編織圖紋有伊斯蘭的性幻想。達文西多麼的誠實卻又狡黠的展現另類的不朽之繪〈裸體的蒙娜麗莎〉，前作貞淨似聖母，後作情欲得令人遐思；不朽的蒙娜麗莎才是世間的繁花聖母。

揣想世人封聖之前，那純淨無瑕的牧羊女是怎般幻想著未來的丈夫究竟何人？相信如同所有青春如花初綻的女子，傾往永生一次最神聖且完美的婚禮，處女獻身初夜前夕的忐忑、羞怯。是熟稔或陌生的性愛，那男子是誰呢？

於是嬰孩決定在被剪斷臍帶之前，奮力的試圖留住最後的記憶；彷彿依稀地以為還在前生老朽逐漸死滅的最後裏，忍不住縱聲哭嚎了，那是最誠實的哀傷告別剎那遺忘的結束與開始，歸零前生所有的一切，愛恨和悲歡。

嬰孩誕生時，母親受難日。我堅決的相信在夢與醒之間，神啟和人性合而為一，那時最純淨。所有母親都是聖潔而美麗，昂然地撫育兒女平安長大；繁花遍野，女子深情回眸。

大寒

歡喜結識，不曾躊躇過——陳列

黑色轎車跟蹤選舉前夕的拜票車隊之後，鬼祟地保持大約百公尺等距，約五分鐘。秋時的花東縱谷依然是蒼綠、粗獷的未曾顯現季節蕭索的變換；筆直彷若到天邊無止盡的省道，前後空蕩沒有車輛來往，就僅有亦步亦趨，似乎有意無意在捉迷藏的這兩部龜行的車子……。

插著「省議員候選人」綠旗的車隊，慢了下來，後頭鬼祟跟蹤的黑車忽然加速追了過來，引起拜票的助選員們一陣意外的輕呼；但見斜披著綠色彩帶的候選人，沒有任何的訝異，氣定神閒的回眸定看推開車門的究竟何人？

黑車促狹跟蹤的人是我，候選人是陳列。

阿義仔，汝要驚死人哦？他大笑叱道。那笑意猶如十一月當下的晴暖，為了拜票走多少路了……我擁抱他一下，頓感稀微不捨的惻然。

歡喜與沉鬱同存我心。三天前我堅辭易主的報社工作，決定開車進行環島旅行；台東旅舍晨起立刻北上走訪陳列，竟在途中巧遇。

是夜，我們在花蓮喝酒暢敘，談到初識的第三屆時報文學獎，陳列以散文〈無怨〉榮膺首獎，與之面見是在贈獎會場：植物園藝術館。我和小說家黃凡連袂出席，很激賞亦好奇此一不曾在文壇聽說過的好手，陳列究竟是誰？

陳列在哪裡呢？黃凡問我，我也不知道，只好請教主辦單位《人間副刊》熟識的編輯朋友，竟怔滯片刻，面有難色，還是指點了座位的方向。沉靜而帥氣的陳列坐著，很異樣的是擠滿觀禮者的大會堂，首獎得主四圍卻空出了幾個座位，彷彿他像一株獨立樹，被有意疏離。

黃凡和我自然的挪近腳步，急欲認識陳列；一位同樣在時報工作的作家朋友，附耳過來，小聲的警示——不要過去。我們反問：為什麼？這身形壯碩的文友凝肅著臉顏，嚴正地說：他是——政，治，犯。黃凡和我為之失笑。

一九八〇年深秋，不識時務的我和黃凡，歡喜結識由昔至今的散文典範，陳列。素樸、壯美的文字風格映照他靜好、平實的人格；相與半生的認定，我們自始不曾躊躇過。

祈盼，重回書寫生活——林雙不

休筆很多年，時而想到老友林雙不何時會重回文學的眷愛？聽說這前世紀末的好筆在完成《安安靜靜台灣人》系列小說之後，文壇就少見他的新作，遠去屏東公職……我還是念念不忘早年的：碧竹、黃燕德到林雙不。

林雙不有他堅定、決絕的信仰與抉擇。猶若在年輕時勤奮的文學書寫外，用心精譯了俄國小說家巴斯特納克（Pasternak，1890～1960）的不朽名著《齊瓦哥醫生》。三十年前在詩人吳晟的彰化溪州莊園，和宋澤萊、康原歡喜酒聚到深夜，林雙不談到大衛連的改編電影最感人的一幕——明知天亮時即將被以「反革命」罪名逮捕，在愛侶分離前的最後雪夜，還是要奮力的留下幾首詩……。

三十年後，今蟄居花蓮的林雙不還記得那夜的溪州夜談文學，那靜好的美與愛嗎？此後的林雙不激昂、耿介的文字一再宣示著：「控訴不義是作家的天職！」果然是言出必行的莊嚴許諾，溫柔和強悍相互替代文學與抗爭；而後為解嚴前後的台灣，發出獅子金剛之吼！

願意在隔著中央山脈兩端的此刻，與老友作一次遙遠的回首……三十年前夏天有幸相與同行赴美參加「北美洲台灣文學研究會」年會、台灣同鄉夏令會的活動。我們曾在東岸新澤西州的農莊有過深談，大約是彼此交心的論說訪美巡迴演講的相異觀點——你談政治，我說文學。我坦言既是文學人當然說文學，你則是堅持以政治現狀的台灣作主題，終究意見分歧了。

四十五天旅美之行，讓我全然明白台裔美國人，的確隔海心懷原鄉，果然這一大群被禁止返鄉的鮭魚群落，他們愛聽政治，不愛聽文學；我的收穫是帶著海外台灣人的故事回來。

而後是林雙不創組「教師聯盟」。第一次在雲林草嶺辦了大學生台語文學營，誠邀我這台北老友前去講課，課前的震撼教育一直讓我銘記於心；他要我明白表示立場，對台灣的愛。我笑說我的台灣之愛都留在文學書寫中，台灣自然如母親，本就像血脈相繫，何須口號般呼喊呢？猶若我時而誦讀的向陽十行詩〈立場〉——

你問我立場，沉默地
我望著天空的飛鳥而拒絕
答腔，在人群中我們一樣
呼吸空氣，喜樂或者哀傷
站著，且在同一塊土地上
不一樣的是眼光，我們

同時目睹馬路兩旁，眾多
腳步來來往往。如果忘掉
不同路向，我會答覆你
人類雙腳所踏，都是故鄉

詩人向陽在一九八四年三月寫下這首詩，想是與我的感慨相同；就以這首好詩隔山越水與很久不見的老友林雙不共勉。祈再復好筆，賦予新意，花蓮山海壯闊之美，定有所思所得。

文學，永不熄滅的溫暖火焰——呂昱

呂昱，本名呂建興。台南市人，一九四九年生。一九六九年因參與學生運動被捕入獄判處無期徒刑，一九七五年獲減刑為十五年，一九八四年二月出獄。已出版的獄中作品有：小說集《婚約》、評論集《在分裂的年代裡》。

這是作家呂昱簽贈給我，一九八八年六月南方版的《獄中日記》卷前的作者簡介。歷經十五年的政治犯生涯，出獄第四天與我歡見；那是冬冷入夜的台北內湖碧山岩，《台灣文藝》主辦的文學營，參與的百位學員裡不乏情治人員，鬼影幢幢的猶如小說的推理與揣測。

歡迎參加啊，情治人員喜愛文學也很好嘛。營主任前輩作家鍾肇政老師笑著說。開朗樂觀，毫無懼色。

李喬老師熱情的呼喚我名，要介紹一個文筆極好的文學朋友和我相識，就是：呂昱。只見一個藏青色西裝筆挺、滿面笑容的精壯男子，毫不陌生的和我緊密握手；我對他亦不陌生，早就拜讀過他在《台灣文藝》數篇精采深邃的文學評論以及短篇小說。大寒之夜，與會作家群友暢飲台灣啤酒，和新生的呂昱不問獄中艱難，笑談的依然是文學，從日治到現代。

更密切交往，是呂昱加入了老友陳信元創辦的「蘭亭書店」編輯工作，而後與台大進步學生郭正亮（江迅）等人創刊了《南方》雜誌，初心未折，勇健地再續學生運動名之：「自由之愛。」炙熱展開。

他，還是和我談文學，不談政治。提及在漫長的獄中生活，從少年到前中年，殷勤的修習外文，永不饜足的讀遍文學書，每天寫日記，堅信：「我會比關我的那些人活得更久。」

一別二十多年不見，我不曾遺忘過呂昱，如此沉定的堅決質感。

去年十二月二十日，竟在紀州庵舉行的「台灣現當代作家研究資料彙編」第六階段成果發表會上與他重逢。彷彿時間還停留在初識、知心的八〇年代，巧遇，會心而歡喜、快意；昂然地再續文學的允諾，髮已星霜人同老，依然是那年碧山岩意志強悍的呂昱……大寒再冷冽，文學之愛終是一朵永不熄滅的溫暖火焰；只是憶及辭世的信元老友，呂昱不捨的與我淚眼盈眶，相對靜默了。

黑歷史

乍見：「黑歷史」三字，不禁深感疑惑；讀之詮釋方知是日本用詞，形容一個人試圖隱藏過往的身世、行為，也就是說，不願讓此時他者知悉昔時發生過，甚而是灰黯的秘密。

帶著黑暗之心，將秘密帶入死後的鬼域嗎？既然生命已然幻滅，秘密再不堪回首，再悲痛恥辱，人死成鬼（真有鬼嗎？）何以還要在乎這些？那麼生前所作所為，在於現實必須的矯飾、造作，背叛初衷等等，就都歸納是不得不為的「必要之惡」，那麼人之所以為人的意義又是什麼呢？我，想了很久很久……。

有人問及：何以你的散文問號（？）那麼多（再來一個問號吧！）？散文不像詩可恣意抽象，亦不似小說那般自由的虛與實交互摺疊、編織一種熱病般，魔幻和寫實的奇幻異境，幽玄猶若奧義書……散文於我書寫的定義正是——我手寫我心。除此無他，若無真情實義，譬如前輩散文家、歷史學者許達然先生所示：「台灣散文如無土地與人民，不寫也罷！」誠哉斯言，不敢或忘，自己直是遵行所囑，半生終究以散文為念，時光幽然一過四十星霜。

自我的小歷史……現實中的晴和陰、風和雨，品質的善意與隱藏的惡念；生命誠然是一次又一次拔河的過程，悲歡離合、愛恨糾葛。捫心自問：是否也曾是「黑」了自我「歷史」之人？少時懵懂讀著笛卡兒，其實是朦昧未知，至今還是那句名言：「我思故我在」清晰地浮現於心；我思故我在……是執著還是傲慢？從西方與東方的宗教經典裏探尋，某些索引只是無路可出，那是群體的催眠、絕對的法西斯，因此請別問我，何以我的問號如此之繽繁？

劉阿南在向晚的河岸，遙望彩霞滿天的淡水河面，波光粼粼，日本兵將他的長辮拉成平行，要將他那堅毅不屈的硬頸壓下，另一個日本兵雙手緊握著亮晃晃的武士刀，以一個半圓形的弧度高舉至頭頂，用力，一刀砍下……刀起頭落，這客家硬頸子弟身首異處，滾落的頭顱，怒睜著死也不肯闔上的絕望雙眼，映輝著河上最後一抹，如血般燦爛的晚霞……一八九五年五月二十五日，台灣民主國誕生；同年，六月五日台灣民主國幻滅，剛好，整整十二天。

——《革命家的夜間生活》：〈十二天〉

不知向來猶如貓頭鷹（niau-thâu-tsiáu）慣於長夜未眠之我，竟然倦而早睡……幽幽醒來是凌晨時分。隨手抽出枕邊書架裏一卷日本明治時代手繪征台畫冊，徐宗懋編撰的：《烈日灼身——一八九五年台灣》（南天書局二〇〇〇年十月），讀之竟然讓我一夜失眠了。

北白川宮能久親王和首任台灣總督樺山資紀，第一眼的台灣島所見印象如何？被甲午之戰潰敗的大清帝國出賣的台灣先民彼時又怎般地無助與茫然呢？這百年前的手繪畫冊儼然就是征服者的凱歌，印證著台灣人的恆久不幸；日本人是王師，台灣人是賤民？強大的遠征軍自詡是聖戰，反抗的住民是土匪？

半世紀的日本殖民統治……至少李登輝先生很老實的自承——二十二歲之前是日本人岩里政男，且以歷史觀點，無比虔敬地告訴日本人：尖閣（釣魚臺）群島是日本的領土，不屬於台灣。與之同輩的老歲人，多少有著難以疏離於日本的矛盾情結，那是二戰後更大的災禍降臨於不幸的台灣人惡運：怎會給中國蔣介石政權接收？

狗去猪來？吳濁流的小說《亞細亞的孤兒》寫得最為悲切！

敬奉日本是「半個祖國」的李登輝先生，十二年台灣總統，又真正為這自謂是「台灣人的悲哀」的島國做了什麼呢？只有面對小說家司馬遼太郎訪談時，才有真情流露的時候。

> 櫻花開落，生命如螢，枯山水布局如禪境，插花、茶道若參佛，文人其心絕美，軍人侵奪卻残酷似獸……這扶桑三島的大和民族，血液中的矛盾與錯亂，如何解析？絕美與残酷，人鬼神三位一體質性？
>
> ——《遺事八帖》：〈日島〉

於是半生散文之我，定義於：書寫文學，留予歷史。台灣的慰安婦，中國的南京大屠殺……有沒有這兩件事？日本欲言又止，台灣卻說是「自願的」，中國則挾以「大國興起」的傲慢及其民族主義，作為談判籌碼……黑歷史，歲月流去無聲，上一代與下一代，時間會逐漸為人所遺忘。罪與罰在隱藏和故意疏忽的彼此共識裏，猶若晚風吹過，歷史真假此後任由人說，沉落更深邃、暗黑的井水底，忘了。

我最大的困惑是庸人自擾的老是忘不了，總是在長夜未眠的閱讀裏，不厭其煩的翻尋故紙；比對和印證，這樣的執著遂成了慣性。何必如何？歷史久遠，干底何事？不就像一向認知的政治現實同般地撲朔迷離嗎？猶若三十年前，三冊台灣前輩的歷史回憶，一字排開，充滿虔敬的彷若展讀《聖經》。那時青春何等地熱血沸騰，三書相與的台灣近代歷史比對、印證，合應足以尋出最真切的解謎——史明《台灣人四百年史》、王育德《苦悶的台灣》、彭明敏《回憶錄》……台灣之路，多麼艱辛。

事到如今，思索著：新一代台灣人讀不讀這三本書呢？三十年後一盞孤燈下未眠之我，依然是焚燒著從未冷却的虔敬，而這三位以一生身家奉獻於理想的台灣先行者，都已老去，成為歷史的一部份……遙想他們青春年華的日本追憶，火焰和海水交融的愛和哀愁；王育德早逝，彭明敏沉寂，只有史明依然昂然不屈！

他們率先點亮微光，台灣脫離長夜否？長夜幽幽，我相信真正的黎明終會降臨。

黑的歷史？歷史的虛實、明暗，總在我長夜未眠的思念中，穿過鬼域般地流洄；小我的念及歲月過往，是否自己也多少有著不予人說、偶生惡念與貪婪的劣質？不禁冷汗涔涔了。

浮世德定義

日本漫畫之神：手塚治虫先生，生前最後一部作品未完成，名之《浮世德》。一九九八年夏天的北海道首府札幌市中心書店，我虔敬地買到一冊未竟的遺著，彷彿追悼的黯然。

近二十年前的我，在想些什麼，做些什麼，其實至今依然清晰地留在記憶裡。那年自己對人生故意開了一個最大的玩笑，不懼世俗嘲諷以及多般的誤解和揣測；如今反思是對不起某個人，那人自以為是聰慧的決定，卻是我借以自虐的主題。就這麼一次，我的惡意如此。

浮世德？好似摧毀、折損自我，祈盼與魔鬼以靈魂交換，彷彿百死不悔的也無所謂了。什麼是真正的信任的意涵，沒有信任，愛和生命就猶若易融的冰山，南北極堅實千萬年的凍原一旦瓦解，地球儀上下兩端的白色疆域刹時由雪化水，消失於大海中，淡水和鹽分融合，像眼淚般的蒼涼與靜默……我的愛以及生命，試圖自虐似的一再折損。

北海道七月末，夏炙微汗但自始天色陰霾，像我告別或者是逃離的不幸；那人些微滯怔，但生性自以為是慧黠的心，已然明白我這玩笑終究難以持續，斷然宣布中止。於我而言，實是心存感激，說是自以為是，那人十足為我所蒙蔽，對不起啊，我的心存惡意還是造成傷害。

必須懺悔，我用這人傷害缺乏信任的那人，浮世德……浮世都不道德，任意且率性的我，真的，真的彼時想將靈魂交給魔鬼，的確！

梅菲斯特，呼喚你名
我在最幽暗的山谷
絕望哭泣不見之神
救贖？僧侶在古代修院

暗室裡手淫且抄寫
自我哀痛的，懺悔

什麼是真情和誠實的定義？反而過了六十歲，我一再的自索反思，寫了那麼多文字，我是真假虛實？我所表白的語彙方式為人所誤解，反而是最親近的人。是不是自己其實是偽善而閃躲的靈魂呢？暴怒和微慍到最後歸於沉默……總是事後省察，加倍的譴罰還是留給暗自傷感的自己。文字障造口業，一生宿命是否？

浮世德和魔鬼交換靈魂，他是真情實意的人，如果不是有著錐心之痛，何以全然絕望的放棄自我？一直一直地，我想著此一嚴肅課題；但丁的《神曲》終究是奢求天堂接納，地獄遠離，那麼被拔除「執政官」頭銜的他，失意政客的不甘寂寞，促使在無邊的沉寂中奮筆直書的目的又何在呢？如若還是翡冷翠的執政官，榮耀虛華的但丁，還會寫出這冊不朽之書？

冬雪冷冽的翡冷翠，我連續兩年同時同地與之面對；大理石頭像鑲嵌在百年的古牆間，凜冽地迎送多少時間旅人。哲人、作家？揣想他最在乎的應該不是文學的永恆，而是執政官之眷念。歌德筆下的魔鬼看得最清楚，但丁與浮世德，不就是文字裡的矛盾與掙扎嗎？這才是書寫最真實的依循，想要掩飾卻坦露了內在的回音。

那兩年在冬寒的翡冷翠，我手持熱炙的巧克力瓷杯，向雪中牆間的但丁致意：冷不冷？冷去了五百年的心早已破碎……浮世德一定為創造他的人傷悲，只有藏匿在每個人心底的魔鬼不時微笑，淡定的剔著他尖利的牙。

人之所以為人，注定不幸。鬼必須隱匿在無比的暗黑深處，世俗的早被所有經典定義是不祥和墮落，奉敬是無限光明的神呢？悠哉的故作詭祕，向善吧，良心吧，請走向正道，千萬不可偏頗，惡之面相不可看，對神絕不疑惑。

馴化以及信靠。人之單薄，鬼的畏懼，神的大能……三者我一再詢問，不是疑惑而是祈盼三位一體得以給我解謎。我天真臆想：如果此一迷思直是霧裡看花，哪一朵花會純淨無瑕的給我答案？像一顆初生嬰兒的心，紅似火，白如雪……逐老卻更惘然，像一段詩句般的抽象；浮世德啊，那時怎麼和梅菲斯特對話呢？

定義最艱難的問答
彷彿留下一生未解
從生到死依然是
迷霧罩身說是魔障
哀痛的呼喚你名
悲懷獻祭：浮世德

一九九八年夏天從北海道回來，決定辭掉那份虛妄且浮華的職務，我更加的學習沉默以對那時而閃避時而跳躍，有著世俗中顯赫名位的老闆。曾經在秋風凜冽的離島和他第一次發生異見的爭執，竟然是在酒後原本可以盡歡各自回返旅店的時刻……我清楚見到一個明知不可為卻強行為之的錯覺，斷然的拒絕老闆那定然是難以成真的指令；作為主管之我，眼見助理們紅著淚眼被斥責出門，我不能不挺身。

他凜冽地下令：必須！我決絕地說：不！

浮世德把靈魂打算交給梅菲斯特……第一次這意念浮現在我心頭。老闆怔滯當下，一副不可置信的狐疑，我婉言解釋說，這會壞了此地大諱，請老闆諒察、理解。他怒斥，我回辯……我自認是護衛他，他誤認是一種冒犯。

翌日，彼此帶著個別心事返北，我立即寫了辭職信，他極力挽留，那年冬天終究告別。還是對這半生為台灣奉獻苦勞的老闆，抱持無比的尊敬；往後很多年依然是可以談心，做朋友比共事好。

甘冒大不韙的，曾在文字裡寫過——魔鬼，說是邪惡卻很真實，《聖經》有說，魔鬼利誘耶穌，至少明示；神子不被所惑，魔鬼就轉身走人……不知道這樣寫，死後是否會下地獄？我反思，始終與所謂的「主流價值」格格不入、不合時宜的逆向，注定是自苦的怨不得人。

究竟是怎麼一回事？我任性的開了一九九八年生命中的大玩笑，十足是自虐的故作惡意使然。那年北海道富良野紫色的薰衣草多麼的豐饒美麗，何以還是帶著隱約的一份憂傷回來？行囊中手塚治虫，最後未竟的遺著《浮世德》，據說這日本漫畫之神，猝死在畫桌上……。

十行詩。

1

晴與陰是我的命名
於是寫在水上
流去的生命回眸
不再顧盼……
靜謐餘生如山石沉定
終於等到那個人
解語心事猶如
花開默然自在
一首詩的完成
她一定知道

2

木刻版畫背後
操刀之手如同羽翼
很多年前的河口
組曲般音符詠歎
候鳥初識的心情
記憶海潮如此遼闊
微雨和冷冽……
原來就是往後的人生
海水應答火焰
夜梟未眠地想起從前

3

帶著日記本旅行
紙問我：寂寞嗎？
筆呼喊：你要什麼？
默言未語的自己
一張掉落的，書籤
其實啊，空白最好
像一次又一次遺忘
相信我沒有悲傷
日記本是證明
彷彿一種絕望

4

換日線北方以北
夏季如春，冬落雪
探問詩之孤絕
老師說老了期待
永恆就是死亡
幾千里外通話
不微歎無哀思
沉定安然如天使
白色背羽斂收梳理
冬雪冷冽，請保重

5

魚的背脊是傲岸
猶若我的頑強
溪岩底層苔蘚
我細密嚼食
反芻每一個文字……
海馬迴最純淨的魚
溫柔及暴烈
合一煅造的匕首
銀亮閃灼暗喻著
不屑於凡塵的庸俗

6

於是人們耽於群組
集體的符咒喃喃
旅鼠追隨笛音
前後左右上上下下
黑水是謎，白山是霧
哈利路亞阿彌陀佛真主至大
呼喚一千年零一天
祂們還是聽不見
相信神還是晶片，那麼
撕一頁經典來點菸

7

一盞燈旋弧夜光
記憶青春學飛時
側翼一隻青鳥
月光下溫柔凝視
愛的詩即將完成
倦眼回眸彷彿還是昨夜
燈屋情緒爭論的理由
依然精進著詩與愛
終於睡去不再醒來
不朽的詩不捨的永別

8

法王微笑低眉時
是否一瞥雪山迢遙
像離鄉的十七歲
心愛的音樂盒交給
穿越喜馬拉雅的異鄉人
我在相片裏重逢
七十歲微笑的他
仍是低眉別去的手姿
雪山還在遠方召喚
異鄉的法王還沒回家

9

奔馬月光下鬃色如雪
夜之草原遼闊
我的夢一直留在那裏
雪似年華逐漸泛白
記得或是忘卻
彷彿隨口吟唱老歌
微溫稍冷已無所謂
純淨寧謐活著
身在紅塵心在奔馳
月光下白馬是我

10

背向狹隘一水
深秋邊陲的島靜著
兩岸同般陌生
只想到夜來歡飲高梁
憶及四十年前的炮宣彈
雷區的草間一隻翠鳥
那時未懷鄉只苦戀
淡定和倦然的此時
回眸夕照廈門灣
喝完酒的我要回家了

11

要我送一本書
表明記得要簽名
問題是他不讀書
不讀文學出身杜鵑花城
上市公司巨富的主人
笑說就交換酒和美食
剛換了頂級車賓利
還是回去打高爾夫吧
酒和美食我自己喫
就是：不送書

12

祈唸〈心經〉手合十
病和死之間想什麼
原來昔時快意是小說
然後好筆不再因為
求名逐利是主題
說書人般的上京應考
靈巧媚俗善呼口號
我識你半生仍不懂
只有留下小說遺念
臨終前你哭了嗎？

13

不寫詩卻加入詩社
喜歡詩但沉默
詩人們問我為什麼
我所傾往是一種組合
彷彿那時陽光的年紀
青春和夢都在詩裏
詩的歡聚只有十三集
多麼意外的愛與別離
三十年後才學習寫詩
點一盞燈在晚秋時候

潮聲最初

修正液粉飾誤植
白色流體淌下
是我純潔的最初嗎？
像少年無端淚水
滴落的羞怯和失措
初戀遺留在北海岸
然後是風花雪月的文字
備忘事實祈盼遺忘
猶如用完修正液

誤植還殘留在底層裡

教授老友以作家第一本書作題的發表會上，停影在螢幕間定格的，我的初集的封面圖案——潮浪襲岸，一雙戀人看海，質樸的手寫書名略似木刻版畫……一九七四年秋天，第一本書出版了剛滿二十二歲少年時的青澀和不安。彷彿記憶強行要我返回那羞怯、失措的茫然，四十二年後的我冷眼對看，陌生而無情地像個最尖酸刻薄的評審者，磨刀霍霍來次體無完膚的絕對切割，我的第一本書不是這一本！反駁著。

教授老友的無奈苦笑，應大小姐忙著解圍、打圓場的說：是啊，作者前些時已告之，這書是搶先原來的第一本書兩個月出版，而非他認定的初集……但以日期排列，就是第一本。將麥克風交給還是質疑的作者之我，非常有風度的讓出辯證的時間，決定不留情殺伐自己。

沒有少年時的愚癡，就不會有今天圓熟的自我……不由然憶起知心文友這句相勉的好言。發表會場直面巷道是整片透明玻璃落地窗，我自剖第一本書的膚淺和矯飾、風花雪月之濫情；屋外似乎微雨飄落，溼濡的灰濛水氣……彷彿隱約看見一個少年遙看著我，悄然拭淚。

那是四十二年前的自己啊！他還在呢。朗聲批判著的我，頓時感到氣短，那少年是否剛從淡水回來，久違的濱海小鎮也下著雨嗎？落地窗外，第一本書的原作者為什麼不走進來，與我遙看無語，像隻雨中如此孤寂的蝴蝶，異常陌生並且冰冷，折翼般地沒有人看見。

屋內的我更殘忍，挑釁般殺氣騰騰，用力砍伐、切割那窗外淋雨的孤寂少年，血的迸裂、心的粉碎、夢的支解……少年終於哭了。

這一本書事實是真正第一本書刪除的次作！我凜冽的特別強調：既是次作，自然是斧痕斑斑，破缺與不足；擬摹前輩風格、聽來他者故事轉寫為自己的生活體驗，為賦新辭強說愁的無病呻吟，極端濫情之風花雪月……。

我是多麼無恥且正氣昂揚的否定昔往，忽然感到一陣寒冽，是窗外冬午的微雨嗎？放下麥克風，我決定推門去尋找那雨中的少年，請他走入新書會，叫一盃熱咖啡給他暖身。竟然消失了？孤寂的蝴蝶，雨天飛向何處去了？聽到我毫不留情的批判，四十二年前少年一定傷透心了；可是，這是我最初的書啊，幾乎遺忘，但願徹底消滅，像庸俗的大人享受星級美食，不想記取童時打著赤腳，撿拾市場的殘蔬棄果的貧窮歲月，頓時，我心虛且愧疚了起來。

第一本書的孤寂少年啊，你在哪裡？

就風格上來說，林文義的散文很美，像詩。就內容上來說，那是對大自然的嚮往再加上一點哲理和個人的真實感受……（胡品清序）

我又回到最初的淡水，青春年代孤寂的撫慰舊地；早已被庸俗、爭逐所浸蝕、腐敗的我，與這曾經深愛的淡水同樣的，驚覺與失落……北淡線古老鐵道是如今的捷運系統，安安靜靜的往昔今時如此的人潮擁塞、喧囂吵雜，猶若灰髮逐暮的後中年，計較、盤算的現實。

只有臨水的「有河」書店在二樓最靜謐，詩人隱匿在玻璃窗上寫詩、照料流浪貓；影評家先生詹正德煮香醇的好咖啡，總是微笑地端坐在櫃檯後頭，像凡塵間淡定的一尊佛像。我在這裡買到海子、艾青的簡體字版詩集，也曾經一次極不禮貌、失態的在露臺上怒拍咖啡桌，斥責一位宣稱「貪腐」本就是政客的自然現象，有何不可的漂亮女子……我怎如此急躁而容易生氣？男人也有老來懼怕的更年期吧，沒耐性，面對一個新時代，自我疏離和抗拒。

我的少年時代，美與愛，還在嗎？四十二年後的我，終於終於，眼熱心折，流下淚來。

夜如此深暗無盡，微顫的手抽出書架蒙塵的第一本書，是啊，好久不見了：《諦聽，那潮聲》單薄的紙頁泛散著銅鏽的褐黃，猶如歲月從純淨到混濁的過程，作者之我重讀著它。

孤兒院那盲眼、白膚似雪的小男孩是否還在？永夜般地難以觸看這紅塵多色，或許因此得以避開人間的詭譎多端，也是一種幸福吧？一頁，再翻過一頁……阿里山邂逅的女子與我同庚，耶誕夜分手，她傷心的淚水，而後是彭佳嶼滿天星光以及念念不忘的花蓮……。

我是個決絕忘情或全然無情的男人呢？再風花雪月，再濫情愚癡，終究第一本書是多麼的天真而一廂情願的美麗，我的遺忘和記取。

你回來了嗎？新書會窗外那隱約如雨霧浮形，直面我的少年，拭淚無聲的對視，是要我懺悔今時不留情的殘忍與庸俗吧，我很慚愧。

華麗廢墟

說是不經意，還不免遲疑地回眸一望。入夜後的自由廣場，存在著猶若古墓荒寒的陰惻意象——北京的天壇，強制著台北的日常視覺，符咒般祕教儀式不忘地，他從中國而來。

已不再鄙夷也直感淡然，只是覺得就留下戒嚴威權年代的歷史遺跡吧：中正紀念堂。向晚時分，儀隊踏著劃一的整齊步伐，降下那巨大的國旗。古墓般說是莊嚴實是猙獰的巨大建築，那兩扇沉重的赤銅大門，緊閉謝客，終究得以給已經坐了四十二年的蔣介石銅像，有了獨自靜思的時間；老先生在幽長的死眠中，銅像和肉身距離五十公里之遙，會彼此呼喚嗎？

我將心比心，在不經意回眸之時還是多少有種不忍。台北市中心凱達格蘭大道與桃園大溪山間的慈湖，人鬼兩殊途，何以老先生依然難以真正返鄉？漂泊的死靈魂啊，一定念念未忘海峽隔水一方的：中國浙江奉化溪口鎮。離開原鄉，七十春秋生死兩茫茫……

老先生告別的時候，正是我服役於台南府城的後勤補給單位，全軍戒備，不得休假，一整個四月份，必須配帶黑紗……彼時前輩作家文情並茂地發表〈黑紗〉，形容病逝的領袖有著「祖父般慈祥的容顏」，相信是真情流露的追思感念；一九七五年春夏之交，青春的野戰服少年都有鄉愁和苦戀，只是未諳老先生的生離死別比我們還要哀傷，還要深沉。

幾年以後，那時還叫做「介壽」路的總統府對面的眷村被全部遷移、拆毀，圍籬森然地阻隔在中山南路、愛國東路、信義路、杭州南路之間，巨大的土石構工開始進行了——舊時代過去，逐漸鬆動、瓦解的獨裁和威權……新時代接手的政府領袖，理所當然是老先生的長子，那個曾被當人質在俄國的左派改革者：蔣經國。

於是，我們終於拜讀到十年後的一首驚豔，但令人不禁為作者捏一把冷汗的政治詩——

清明時節
雨落在台北市中正紀念堂
幾萬人群集佇立
是什麼樣的歲月呵
有臂膀刺青的人
他噙滿淚水
有扶手杖著中山裝的人
他默望天空

清明時節
雨落在北京天安門廣場
幾十萬人蜂湧蠕動

是什麼樣的年代呵
有熟嫻日語的人
他低頭不語
有童年生在台南的人
他凝視遠方

是誰的銅像啊
座落在台灣的城鎮裡
是誰的骨灰啊
灑落在中國的土地上

——劉克襄〈七〇年代〉，一九八五

北京天壇形式的巨大陵墓或是紀念碑般的超級靈骨塔？方落成揭幕的紀念堂，老先生流金般同樣無比巨大的銅像，微笑地面向一千公尺外的日本殖民時代的總督府；生前他在那裡掌控戰後仍舊是被再次殖民的台灣人九千四百多個日子，死後是否依然不捨王朝地精神視事？

建築師朋友從南歐考察回來，特別指陳那白大理石構築主體是來自義大利，紫藍琉璃瓦謂之：「王」者之色。一旁靜聽許久，向來溫文爾雅的畫家，意外冷語地插話——什麼「王」者之色？是「亡」者之色才對！只有我噤聲不語，只直覺紀念堂說是仿北京天壇的意涵，卻十足像一座靈骨塔般地過度龐然而猙獰。

再幾年後，劉克襄的詩，靈犀在心地回應我彼時深思的感同；自自然然的用筆，以微薄的行動參與，八〇年代，多麼美麗的遙遠記憶了。那是青春的義無反顧或是愚癡的自以為是呢？沒有黨，只有自由的黨外，中間偏左的理想主義，一廂情願地深切祈盼島國的黎明真正降臨。

老先生，被奉座（禁錮？）在紀念堂中央的您，快樂嗎？寂寞嗎？年久月深，已然暮年之我，不再嘲謔您，歷史早已殘忍地將您定位，最大的懲罰以及悲哀是至今，不容您歸鄉。

離鄉遺事……小說家老友昔時初集命名，彷彿先知預告死亡紀實；離鄉多沉痛，遺事何榮耀和屈辱？老來靜讀百年歷史，中國與台灣其實一樣不幸，未來的孩子啊，祈盼更美好。我們這一代的悲歡離合，終將如流去的逝水，冷月無聲地悄然寂岑，猶如夜來回眸一望中正紀念堂的荒寒和落寞，想著被禁錮的死靈魂。

幸好分置自由廣場兩端的音樂廳、歌劇院的宏麗華彩，多少讓那難看的紀念堂在幽深、灰暗的氛圍中有些人味的鮮活生息，否則如入鬼域。晚安了，老先生……恍然之間，彷彿是自己在向自己致意？緊閉的銅門後面一片廢墟，我正要進場聽音樂會，華麗之心油然雀躍。

夢遊者

這一次，我終能好整以暇的重回台南，準備著安適閒然之心。不像往昔的行色匆忙，午間高鐵抵達，向晚高鐵離開，純粹僅為了文學評審或講座，彷彿府城一瞬只是市中心那座日治殖民時代的市役所，今日的國立台灣文學館。記憶裏恆是火焰般紅豔的鳳凰花，夏天的奏鳴曲，高可參天的巨樹，堡壘般壯麗的大正式紅磚建築……我的一九七五年，綠軍服時的苦澀交雜思念又怯於北返的幽幽鄉愁。

四十二年前青果年華的少年初抵府城，詩人黃勁連和羊子喬熱情如南國太陽，連袂來到小東路砲兵學校隔鄰，台南縣市交界的陸軍第四補給單位，接我出了芒果樹蓊鬱的營區，搭乘興南客運前往他倆鹽分地帶的原鄉——佳里鎮。

夜酒迎我在子喬兄的北頭洋山宅邸，醉眼酡紅之間，舉目但見滿天星閃，真是無垠快意。

而後是幾年以後的「鹽分地帶文藝營」，海岸邊緣的北門鄉南鯤鯓代天府，杜文靖雄渾的台語歌謠、張德本的古詩吟詠、黃崇雄與陳豔秋小說中的北航道……記憶啊記憶，自然而然的不時浮現，事實上台南府城一直印刻於心底未忘，只是情怯又因為什麼？是否由於同樣在鹽鄉的學甲，曾經有個年輕時想念的人。

夢遊昔往，醒來茫然。聽著楊貴媚溫婉地唱起王昶雄前輩作詞的名曲：〈阮若打開心內的門窗〉還是會不油然的微淚心眼；是啊，又是多少年前了，南鯤鯓代天府中庭廣場入夜，喝啤酒談文學，大醫師小說家王昶雄謙和的不許我們尊稱他「前輩」——叫我「少年大吔」記得，呵呵呵……。一口潔白完整的好牙齒，不愧是當年赴日學牙科的醫學生，我們齊聲直稱美。不是啦，不一定牙醫就有好牙，少年大吔的我，這排嘴齒嘛是拜託別人整理的。又是開口笑呵呵的非常可親可愛了。杜文靖兄豪邁的說他來領唱王昶雄先生這首歌，向

「少年大吔」致敬；舉目，鹽分地帶的夜空星光燦爛。

星光如此燦爛。美麗靜好的鹽分地帶之夜的記憶在很多年很多年後，自自然然，冉冉未忘的隱約銘記在我已經忘却許多過往的心事之中……昶雄前輩、文靖兄、武忠兄都早就成為天空裏三顆永夜閃爍的星光，不滅的典範。

而我此次重返舊時的府城，妻子好意安排三天兩夜的台南小遊，老友魚夫和呂昱帶著我大宴小酌；些許熟稔，彷彿陌生，靜靜的我早不是當年二十二歲初履軍次的青澀少年，愛和美的夢多大，破缺與幻滅就有多大，於今了然明白，我是夢遊還是醒著，依靠回憶賴活之人？

1

今晚的風為我而吹，今夜的雨因我而下。

彷彿一則動人的二行詩，長留在心底鐫刻了大半輩子，不是來自文學的魅惑，竟然是從軍旅退伍後三年初識的政治啟蒙：康寧祥先生。

健康、安寧、祥和。說文解字般地分析這老台北艋舺在地的早年政治人，記得就是位於莒光路樓上他所創辦的《八十年代》政論雜誌社裏的茶席間，彼時和他終於得以閒坐小談，一頭綣曲濃厚黑髮，剛從國會論政回來，語氣慣有的沙啞，手撫胸口微喘、嘆息的說：雜誌被停刊了，打算再申請另一本新誌，就叫《暖流》好不好？自我解嘲般地苦笑著——台灣此時如此寒冷，黨外運動正是送溫暖吧？

因為康寧祥的緣故，我開始為《暖流》寫作，交出去的不是政論依然是文學。坦坦蕩蕩的不用遮敝的筆名，正面直向的真名示人……如今回首，是天真還是率性呢？正職工作的報社主管嚴正的提出警告，我仍是不馴地續筆，甚至跨越到不同的黨外政論雜誌，文字或漫畫，抵死不悔。活該自請解職於報社安定且待遇優厚的工作，流離於另類的雜誌和出版之間。

其實平生無企圖心，只有存在的未成小小心願，只想追隨衷心敬仰的詩人老師瘂弦，在他身旁學習做個靜謐的副刊編輯；能夠不再理會一日數變的台灣，就算人說無用之用之為大用都好。近時敬收瘂弦老師寄自加拿大的航信，提及從前此一未竟的遺憾，我還是很感念老師的知遇之情；事實很明白，如若有幸追隨於其麾下，多少也會造成他的困擾，我的不馴。

黨外。多麼美麗而理想的青春年代，愚癡、認命的異想蜉蝣撼大樹？以為秉持一枝無比虔誠的文學之筆，試圖讓極權、獨裁，未解嚴前彷彿永夜的台灣，祈求在無垠暗黑中得以見及黎明的微光，是癡心妄想還是夢的傾往？

風和雨，落在台灣所有的屋頂上，我還深切記得，那年最冷冽的初冬，康寧祥先生凜然、無畏的典範。

2

時而駕車行過大直家居附近明水路左側靠基隆河堤岸的路段，橫過天空的路標連接水岸豪宅和公園，車滑過恆是一抹的微暗陰翳，只是我總不忘隱約地哀傷……那隱匿在突出約一公尺的堤岸水泥牆面，曾經在三十年前的某個子夜，我年輕時最知心的好友撞車死亡。

就叫他是阿B吧，告別式時最後的遺容額頭上還留著粉飾不去的一道血痕，覆蓋著寫滿佛經的金色絲被裏的肉體，阿B才剛新婚不到一年已然懷孕的妻子哭訴的說，被高速直撞在惡夜堅硬的堤岸牆面，自駕的車體已成綣曲的球狀、鋁片銳利地切割他的肉身，肢離碎裂，哪怕殯儀館的大體化粧師也難以完整拚妥……。

前夜，我撥了通嚴肅的電話給另位與阿B和我，自認為中學時代最好的朋友阿S，稟告他告別式務請出席，送最後一程吧。意外地無比突兀的冰涼回話——我沒辦法，明天商學院有課程會議。彷彿異常的冷漠及陌生，彷彿彼此不識許久的排斥、一切意在不言中……？

是啊，人家本就是大企業的未來接班人，大學商學院副教授及系主任；我考進調查局，因為老爸是警察一直對我的期望，我不想做公務員。阿義，你知道我想自由自在的。

這是阿B生前說過的話。好不容易考上調查員，竟然自請退訓離去，多可惜啊。我替他不捨，阿B反而安慰說——難道要我做調查員監視你這黨外人士嗎？我再問他最近見到阿S嗎？他些微訕然的嘆說：疏離多了，也許因為我現在開計程車吧，待業等機會，行車看人生，我喜歡自由，你明白的。同樣的，我也許久未曾和向來可以交換青春心事的阿S連繫了，是怎麼一回事呢？直到告知了阿B死訊，久未通話的好友冷漠拒絕，我才恍然大悟疏離的原故。

其實，我不應該怪阿S的，因為我暗地參予方興未艾的黨外運動，就在一九八六年夏天赴美之前，身為國立大學商學院副教授的他據說被秘密約談，想是情治單位的好意規勸；從此至今我和好友咫尺天涯，三十年一別，皆成陌路再也不識了，是我害了他，不是阿S的過錯。

猶然憶及青春年代最純淨、無瑕的時光，三個拾花美少年，山與海同遊，夢和未來的眸光發亮，美麗及哀愁的心事分享……我又駕車路過堤岸，至愛的好友阿B，一定看得見我。

3

如果能夠完成這部電影該有多好？你們那時最美麗的黨外年代……。妻子滿心祈盼地說。

幾年前的秋天午後，我和簡偉斯導演面對面談及可能是這部電影得以付諸實行的背景印證。切莫宣教，純粹美學的映象，留予台灣近代民主運動的紀實……共識如此相近，那是一次莊重而靜好的意見交換，而後從此沉寂。

遙遠的小亞細亞，有人終於如同懺情錄的形式，寫了一本回憶之書，自承在大學時候，被要求明是家教，暗是臥底。解嚴之前黑暗與囈語的台灣，四面為大海圍困，狹長猶如一片蕉葉般易碎的島國，三萬六千平方公里的土地默默，人民惑惑，但是黎明前最深的永夜，還是有少數的一群人，勇健的試圖在貓頸上掛鈴噹，提醒似乎已被馴化的心靈，必須反抗！

國民黨。事實上是易於受驚的貓，卻慣於虛張聲勢，借著一支微弱的燭光映照在逐漸頹傾的牆間，幻化是張牙舞爪的老虎虛影……試圖為貓掛鈴噹者雖說有著勇健的自許，在那風雨如晦的威權統治中，還是不免忐忑的不安。

臥底的大學女生以著微顫之手，臉紅心跳的不安和情怯，纖纖指尖輕緩挪近那溫泉浴後深眠的總編輯頸後猶然濕潤的黑髮……書中這段細緻地描寫多麼動人。是暗戀，是無瑕、純淨的少女情懷，不禁令我想起陳映真小說——

如果我能把手放在他那憂悒、疲倦的眉頭上，讓他知道，在這世界上，有一個女孩子，那麼樣，那麼樣地愛著他……。

——〈夜行貨車〉

想像小亞細亞一盞孤燈下，已是他嫁異鄉很多年後的中年熟女，寫懺情的追憶文字，相信猶然不忘的初戀情愫，定然隱約微痛或者依舊眼熱心跳，也許暫筆小酌茴香酒，那辛辣、清沁的液體是否讓遙遠的青春惦念更為真切呢？如果是更深的冬夜，未眠書寫的苦思和糾葛之間，偶然回眸倦看，窗外靜靜落著雪。

終究僅是多年前秋天午後的閒談一場電影夢由幻成真的可能，至今仍是未竟而成偶而的記憶一二；夢遊者，簡偉斯導演還記得否？

4

酒店女主人決定歸皈耶穌基督之時，特別邀請我們幾位好友臨場見證；淡水河口午後薄薄的秋陽映照著遠海水平線一層淡灰的濛霧，聖歌隊雅音一起，教堂的彩繪玻璃投射光暈，感覺一切都如此寧謐和靜好。

受洗歸皈的女子，還是那小說家筆下那位因為愛的迷戀，至死無悔走向不歸路的人嗎？就追隨主事的牧師一句一句，虔誠地默唸、祈禱，洗去罪，還原真；生命果真是人間火宅走過一回，我反倒想了自己，我是罪還是夢呢？

已不再存在的小小酒店，再也難以返回青春理想、狂飆年代，晚間從繁忙的報社下班，自然自在奔向的安撫所在。翻著歌冊，高唱自我最能抒懷心事的衷曲……伊通街巷裏公寓一樓前小庭園，九重葛的紅花猶如火焰，彷彿沒有季節的奮力怒放，酒與咖啡、邂逅和分手、詭異且美麗交雜在明暗光影之間，子夜到凌晨的狂歡，非常異質的是不油然談論主題，總是對台灣當下的臆測與前瞻。說著說著，有人就激動得忍不住流下淚來，那是黨外時代。

怎麼依然清晰牢記著：江鵬堅律師那溫文爾雅的好酒品，醉了還是十足的紳士風度。是由於靜謐少言，自始親切微笑，習慣手持菸斗的張德銘律師，我才初諳菸斗質材是荷蘭石楠木或南非海泡石的分別；但見大律師悠然地從黑色羊皮菸袋裏，優雅的掇出古銅色菸草，擦燃火柴，頓時一室醇酒般香氣迷漫，真是美。

作家、編輯、記者、教授、律師、空服員、銀行員、畫家……還有監聽的情治人員。小小酒店是安那其是自由主義是黨外人未組黨之前的：「失樂園」。我們喝著酒，唱著歌，兩大報記者忽而一言不合，翻了酒桌，幾乎扭打衝突，女主人一聲怒喝！哪怕位高權重的幾位總編輯也不得不為之噤聲馴服。女主人凜然持酒肅言宣告——好好喝酒，快意唱歌，不許生氣，聽到沒有？

哼！眾客臣服，齊喊：女王萬歲萬萬歲!!那美麗的夜，小酒店裏儘是大器之人，只有衷心祈盼台灣未來更好，無私的願望。

5

曾何幾時，我昂然地手持麥克風，在一萬個狂熱的群眾之前，得以自信的大聲講話？冬夜那麼寒冷，心底那麼火熱，一定要威權獨裁的國民黨下台，誓不甘休！二百六十場反對黨競選政見台上，不驚不懼的理所當然的我。

報社社長和我在松山機場巧遇，該死的竟然是同班飛機南下府城，我下班後去助選，社長兼國大代表的他則是返鄉；社長些微惱意，還是好風度的反問我一句話——請想想，你是領報社薪水還是反對黨的？我尷尬無言以對。

很多年很多年以後，我已年過六十，僥倖的獲頒台灣民間最榮耀的文學獎項，主辦單位是我一生最珍愛的報社發行人擔任董事長的基金會，得獎人致謝辭時，我不由然略感哽咽的說道——如果我們的報社如今還完好存在，二〇一四年此時，正是我退休的完美人生了……。

多麼多麼只祈盼一生以文學和編輯完美人生。這是真心話，除了文字的伴隨和求索，現實的事實還是乏善可陳的荒涼與挫敗吧？猶若好風度的社長先生曾經善意開示我的一句評言——你，是個好人，可惜你不懂得做人。

什麼是完美？自許完美主義之人不是幻滅就是憂鬱。時而反思自問：文學之外的放言縱論又是為了什麼？明知世塵多端，不可能有烏托邦的存在，或許就是文學書寫流程中還是抵死不信的天真愚癡，力求文字的詩質和美感的抗拒現實的必然殘酷所萌生的錯覺吧？而文學完美主義為上的自我是迷途的夢遊者嗎？夢醒之後何以持花且揮劍的躍馬入多端的世塵呢？

——塞佛爾特

一般人面對不公不義而沉默，也許是身不由己；一個作家面對不公不義而沉默，就是；說謊。

6

怎麼這旅店竟然房間沒有一張桌子可供閱讀與寫字？醒在中夜有著些微無措的茫惑。

那麼就想些從前府城的記憶吧，安平古堡那僅存的熱蘭遮城殘垣還存在嗎？黃昏時分難以數計的鷺鷥族群紛紛返回一整片木麻黃防風林的盛景、壯濶無垠的海峽夕照、靜謐無人的金色沙灘，留下我孤寂、青春長長的足印……那是我難以忘懷，綠野戰服的美麗追念了，靜靜的我早不是當年二十二歲初履軍次的青澀少年，愛和美的夢多大，破缺與幻滅就有多大。於今了然明白，我是夢遊還是醒著的賴活之人？

我又回到四十二年前初抵的府城，生命中第二個故鄉，追念但不感傷；有人說過，老來只能依靠回憶而活著。我不再如此惘然，這一次，我終能好整以暇的重返台南，準備著安適閒然之心，的確是一場最美麗、靜好的盛宴。

遺信

那是最初的情懷，還是最後的遺忘？

不記得是誰寄給你的第一封信，什麼年歲，什麼季節，未曾見面，只是潔淨的丁香色紙箋上，留著普魯士藍的墨跡，像幽靜的海。

秀麗的文字，羞怯地揣臆彼此未見的容顏，青春、無瑕地讀信，怦然心動、忐忑不安。妳是誰？誰是你？微微顫抖的指尖，驚喜又情怯的，慢慢撕開信封上黏合處；內裏說什麼？

以吻封緘。前世紀的七〇年代初，一首至今難忘的西洋歌曲，寫信的人許是長夜未眠的用心寫字，說著夜窗外滿天星光或者是明月正好，如果有著一方小庭園，會描述晚香玉的花葉氣息，突然談起一本正在閱讀的書，泰戈爾的漂鳥飛過星空，西蒙波娃的巴黎印象……。而後結語是：我正想念，你一切好。瑩潔的信紙三摺，細心放入貼妥郵票的信封，中式西式都好，有著膠水的封緘處，濕唇輕吻而貼緊。

彷彿初諳仍懵懂的，愛？其實還不明白。

就像是一朵初綻的纖花，祈待晨時露水。

很多很多年以後，以筆就紙寫信，似乎成為傳說了……古巴比倫遺址裏發現的頁岩奧義書，埃及金字塔墓穴中莎草紙的象形文字……星象學家說是古代占卜，天文學者臆測是否曾有外星文明存在過；時間記憶還是謎藏預言？那是巨大的沉默，無邊的寂寞，冷冽的永夜。

巨大的沉默，必然藏匿著隱約的暴動。

無邊的寂寞，時間逝水流去，青春衰頹。

冷冽的永夜，一定閃爍著屬於你的星宿。

衰頹的倦眼似乎連自己都不敢確認地，只能藉著三合一鏡片，歲月瀕臨永夜的燈下試圖拿起疏遠的筆，猶如在招供的罪狀自白書上簽名印證的怯弱，多少年了，你不曾再寫信。其實自己最明白，就算竟筆再也無法秉持初時的天真和純淨；記憶乍近還遠，那年是什麼季節，你說些什麼，虛矯或真切，庸俗的小說情節借用抑或是意外神啟般降臨的，情詩十四行？

懺情般像普魯斯特在病床上，奮筆急寫逝水年華，渲染太過就自然亂針刺繡了。因為中止交換心靈的通信，終究是太年輕，十七八九……未及二十歲的青春是如何的朦昧；世俗塵埃就連巨大的海嘯也難以洗滌去歲月沉積的底層。

東北角海岸，回眸一朵藍花，四面皆明鏡的空間女子獨舞，鋼琴曲最愛的聖桑，單車滑過椰林大道飄飛的馬尾長髮……已然遺忘，很久以前彷彿收藏或早已付焚的昔信，如果突然攤展在今日的桌上，怕是泛黃且水漬褐斑，那些思念及埋怨的詞彙，陌生得不敢想像。

借用宇文正名句——我將如何記憶你。

是啊，我將如何記憶你？寧願歸於遺忘。

如是夜眠中有夢侵入，我的靈魂暫且脫身，飄移到永夜的極地，請給我一瓶酒兀自獨酌，據說那裏有深埋於冰原凍層之間，最最潔淨清純的神秘之河，名之：「忘川」。古籍記載言說，只要飲以忘川之水，從此遺忘前生。

醒後竟是異常平靜，思索著夢中飄移，靈魂離開肉體的忘川接近；真的有那樣的一道河流嗎？終於發現，原來的忘川之水就是一瓶酒。時而記取聶魯達留下一段不朽的詩句——

愛是這麼短，遺忘是這麼長。

是啊，時而記取，多的還是青春時代初習文學的閱讀啟蒙書，像志文版新潮文庫的東西方譯著。那時我們會彼此在往返的信中，交換讀後感猶是隱約的臉紅心跳，未明的情愫究竟是什麼，其實都不明白，只是一廂情願地傾慕於奧義深邃的文字組合，揣臆那異國的意境。約莫就是日本作家的京都、西方作家的威尼斯或里斯本……文學主題成為彼時暢行的通信形式，謂之：「筆友」，說真的，見比不見好。

彷彿一次至今仍未忘去的記憶，有人在信裏夾著溪頭的銀杏葉片，紅色原子筆秀氣的寫上「落葉飄蓬」四字。都是求學年紀，彼此互識於副刊各自發表作品，繼而通信談及讀寫的感想；對方提出見面要求，想約台北車站噴水池前，短髮、白皙的商職女孩，早已被目為文壇新生代散文好手了。陽明山同遊，說的還是文學……連手都沒有牽過，就見過僅有一次，回來後竟然彼此中斷了通信？再也不曾聯繫，此後副刊也不再見到她那美好的文字了。

多年後，一位老朋友在酒後幽幽地提起，我那通信經年的筆友竟是他家的第五個妹妹——五妹和你初見回家後很沮喪，她認為你不在意她呢。我怔滯於當下，就是單純的「筆友」可不是？想起張清芳的歌有這麼一段：我們太年輕，心情還不定，你不懂我的心……。

因誤解而相忘十年的詩人老友，形容我不是幼稚就是天真，倒是真切的說中了我生命的破缺和隱痛了。猶若海明威名言——每個作家心底都住著孩子的靈魂。因為幼稚所以不諳人心險惡，因為天真，所以自始相信善和美。

再也難以寫出初時那無比純真的書信了吧？那些訴說著愚癡、空泛理想的遺信，交換心事的風花雪月，早就飛灰湮滅，我已垂老。

夕霧與幽光

長夜漫漫路迢迢。不知道這熟諳的字句用來形容攝影名家沈昭良，他是否認同呢？

我時而翻閱他多年來精印的不同時期的影像書，思索著這個人……揣臆透過相機鏡頭、堅決按下快門！果敢而凜冽地專志，對應影像寫下的文字，也能深切地明白他是一支好筆。

相與的前後時程都曾是平面媒體從業員，奔走於外在街頭的他，緊守於副刊編輯檯的我，熟諳那必須用最短時間，拍攝、沖洗、完成，並且以詳實的圖版呈現在翌日的報紙。那是工作的職場本能，回到家已然滿身疲倦的攝影「記者」，空茫的眼神往往還是停留在隨身不離的相機上，時分秒都是自我祈盼真正獲取、而非僅是職能的交付……彷彿內心藏匿著一個最值得想念的人，如同情愛，深邃的美麗靈魂。

據說午後到向晚的時間，最合宜影像入鏡；柔和的天光、陰翳或金黃？我想到夕照中遠處隱約的微霧，若有似無的，輕緩襲奪、挪近……不經意之間，也許夜暗就接手了。

攝影家沈昭良內在深邃的靈魂，毋寧就是本質的美與愛吧？更多的是土地和庶民的由衷關懷。於是在最新的影像書《台灣綜藝團》，那黑白層次的展示，幽微的光、夕霧的影。敬謹、平實亦高貴地引領我們進入一個看似日常，卻又是另類的生活形式，再認知的全景中。

俗豔而華麗的鋼管女郎，喧譁且躁動的電子琴花車，搖晃、賣弄著刺青的肉體，吸引著群眾（尤其是影像裡那微怔、吞嚥貪欲的男人眼色……）不必虛偽假仙，人性如是，在廟會在婚宴在鄉鎮慶典——沈昭良的好鏡頭最清楚。

趕場、換裝、奔波……攝影家好整以暇地跟著鋼管女郎回家，你會發覺再俗豔、賣弄風情的，回到家後也是一個母親，奶著嬰兒，相依伴隨的妻子，匆促婚禮上含淚讓婆婆戴上金項鍊的新嫁娘……多麼平實、素淨、自求內在合宜的安頓、想望的人生。哪怕是角色扮演的孝女白琴，為喪家引領痛哭、哀慟，都是塵世日常的習俗與遵循；卸裝以後的女子，自有人間體驗的荒寒和滄桑，沈昭良想是感同身受。猶若國際攝影大獎的連作《STAGE舞台車》，那貨車改裝如魔術，張開像蝶翼般華麗的幻境，歌舞的半裸女子，魅惑狂野……攝影家留下的竟是展演前，絕對無人的寧靜，雕塑般敬謹。

夕霧之後，暗夜降臨，幽光隱約間的玉蘭、採擷的花農、大都會尋車賣花人：先生，女士，買一串玉蘭花吧。《玉蘭》影書一翻開，依稀彷彿在鼻息之間直覺芬芳香氣……是啊，長夜漫漫路迢迢，沈昭良半生的影像追尋，正是最值得令人敬慕的理念旅次；他的平實與堅定，他的完美主義和不渝索求光影最究極的可能。

彷彿在魚的路上
一百八十度眸光探測

水線邊緣間層深淺
天是永晝，海是永夜
觀景窗框取如採貝者
騎鯨的青春少年或者
櫻花季節的異地鄉愁
夕霧來時就借用
幽光，孤寂自酌
黑白底片是魚的顏色

我常想起攝影家在日本留學，生活和研習時的心境如何？就從初識的影書《南方澳》說起吧，那一尾幾乎橫過半條小街的鯨鯊，前方站著十足噶瑪蘭族臉孔的漁人……黑白照片的震撼力是如此地巨大！沈昭良，是怎樣的人，他在思索什麼，我一再重複地翻閱影書，宜蘭的海壯闊湧漫在拂曉前未眠的燈下，那樣接近南方澳，那樣貼近太平洋。

繼而因為他的《築地》影書，我和妻子特別早起，終於行入東京築地魚市場，還是遲了猶若盛宴儀式般的魚貨拍賣時間，夫妻就在秋涼蕭索的魚市周邊食舖吃散壽司稍解未竟的微憾。靜靜流動的隅田川在側，驀然想起，不就是日本文豪芥川龍之介最眷愛的河流嗎？小說家的出生地，文學心靈的原鄉。築地魚市場的早餐桌間，夫妻自然的話題不約而同地，還是黑白影像構成的驚豔畫面——冒著寒煙的鮪魚如此豐饒，這般壯麗地一字排開，手持競價編碼卡片的買家擠著熱切如節慶歡會形態；一種望之猶若昔時江戶的古老儀式，來自沈昭良的築地留影，自然也成為跨越國界的攝影典範了。

此刻，攝影家身在何方呢？是否就在新的題材正進行中的旅途上奔馳？也許在那放置著心愛的攝影器材的車座裡，不忘帶著幾冊精裝、沉厚的最新影書《台灣綜藝團》，惜情地專程或順路，親手面交影像中的主角們：鋼管女郎小燕子、孝女白琴的文君……今天晨間的喪葬或晚時的婚宴，她們的笑與哭都如沈昭良定義是「悲歡不過是日常」，攝影家寫著——

那究竟是何等的人生境遇與歲月惆悵？

堅信進行中的美學思索，精準自求的完美主義。敢問：沈昭良，你正在旅途上嗎？

距離十尺

畫家深意的凝視我一眼，很實際的工具論說——文學者，至少簡單的只要一疊白紙，一枝筆就可放懷敘述，繪畫者卻恆是為顏料、畫布的昂貴價格所困，比起文學，繪畫格外辛苦呢。來吧，敬你一杯酒，最近寫些什麼？

我，敬謹回敬，默然片刻沒有答腔。感覺輕微地一種溫熱的柔軟貼近腰腹之間，原來是畫家的白貓不怯生的跳了上來。如小暖爐般地發出咕嚕、規律的喘息氣音，愛嬌的蜷曲成圓球狀，我輕拂著、順毛摩挲，像呵護嬰兒。

三百號繃著骨架的畫布一字排開，已經完成的就背向牆面，不見畫面，未完成的就直面於視野之前，那是一幅血紅色的人形獸臉，曲手利指作攫抓狀。我端詳著，那血彷彿奔流，那紅如此華麗，畫家凜然地說——人的內在有時就是野獸的靈魂。這一次換我深意的凝視著畫家了，我想起世俗裡慣於輕慢地以異端或非典型詰難於獨具特質的創作者，由衷感同了。

隔著酒桌，距離十尺，足見畫室的巨大廣闊；畫家再開第二瓶波爾多紅酒，那芳醇的沉定酒色彷彿待竟筆的人形獸一身的油彩之紅，壯闊和絕美如畫家自許的剔勵豪語——要做就要做第一流的藝術家，自求最合宜的完成。

相對於文字的構思，我想了很久很久。

凝視彼此，距離十尺
酒和顏彩一樣紅
漂浮的靈魂偶爾
失神就人鬼不分
醉入幽冥……

是慣性還是未忘的留情？四百字橫式稿紙五十張用完，總是剩下一片襯底的灰紙板，惜物般不捨棄之就隨手拿起黑色油質麥克筆作畫。黑線條勾勒出潮浪或長髮，彷彿是一種情愛的依戀……直覺或幻覺的本能嗎？其實自己也不明白。終究是青春年代從畫未竟的餘緒或僅是隨手順意的嬉玩？海潮線條成為妻子原鄉三峽老街水溝蓋板的鏤鐵圖案，長髮的延伸則彷彿是試詩的想念；只有純粹線條沒有顏彩。

畫家知友所言——文學者只需筆和紙。簡易的媒材和藝術的工具繁複自是明顯的輕重對比，而我也不由的時而深思——文學者不也有深邃的繪畫好筆嗎？我想到三位繪文兼美的前輩作家：黃春明、雷驤、七等生。

東海岸的宜蘭，直面波濤湧漫的太平洋，壯闊無盡的情懷一如黃春明的小說。西海岸的苗栗，通霄的海悄靜平緩猶若七等生的深邃哲思。雷驤，北投溫泉鄉的異質美感，我直覺是屬於大屯山脈的煙雲和淡水河的幽然水色。

曾經有幸拜賞過此三大家畫作，文學是如何自然自在的合於右手雙面的相互映照。眾多讀者熟識於黃春明作為全集封面的撕畫，亦未忘早年遠景版的油畫美彩；七等生的《思慕微微》書封一無眉眼鼻唇，獨坐海岸的男子，正是作家的自畫像，續之近期的小說精選集以山景作書衣，呈露當下專志於繪事的鮮活生命。素已諳知的雷驤，長期以來堅持的以速寫或版畫搭配獨樹一格的文學，早已是一方盛景。

我常想念黃春明那幅以龜山島作題的油畫，婆娑無邊的太平洋的流雲和浪潮之間，巧思的釘刻出一首詩。七等生畫著自我靜坐於通霄海岸的時刻，是否憶及最初清寂的童少時光？我也看見雷驤圖文兼美的人間行路。三位文學前輩的美與愛，純淨的紙筆、不渝的真情實意。

暗影異彩，貓眼？
我的夢藏在裡頭
未竟的酒杯彷彿
留存昔憶女子的唇印
紅得那般不確定

畫家去拿第三瓶紅酒，消遁了好些時候，煙一樣的不見蹤影，我喚了幾聲他名，巨大的畫室空蕩的回音……彷彿被遺棄在沙漠中的幽深黑夜，白貓什麼時候離身？距離十尺外，彷若一支瓷瓶，替代主人端坐椅間凝視著我。

我醉了嗎？此刻，竟然對貓說話。

深眼看我，貓的眼神像極了牠的主人……恍惚間，在闔眼剎那竟有一種突來的錯覺，以為還置身在自家書房裡？面壁的書桌延伸到落地窗外陽台的咖啡桌，極為狹隘的只有十尺距離，如果此時當下前面有一支筆一張紙，我是要以文字或圖繪的形式，來描摹這隻白貓？

稿紙用完後留下襯底的灰紙板，最好給我一枝黑色麥克筆，順手沿循的勾勒潮浪或長髮……慣性的，只有純粹的線條，沒有顏色；就像人生行過的從前，破缺和遺憾的無能為力。

我真的醉了？其實自知只是酒美人好的微醺與放懷，開心的無所牽掛。俐落的起身，挪近那未完成的人形獸，那堅定的紅是如此華麗而凜冽，異端和非典型？是的，這才是創作。

想念自己的書房，狹隘的十尺見方從未曾坐困於我海闊天空的內在，創作就是最自由。

畫家回來了，手裡揚著第三瓶紅酒，笑說——知道你還沒醉，再喝！距離十尺，乾杯。

喧囂的孤寂

趕時間不得已，往往招呼計程車。事實上如果時間充裕，從我家居大直山邊，文湖線捷運或公車抵達台北市中心都是非常的方便。

計程車司機先生，總是在前方後照鏡浮現回看後座右方我靜謐的動靜，異樣的眼神挪移著揣測、辨識的小心翼翼，彷彿我是即將暴動起來的劫車者？我是毒梟？或者是作姦犯科之人？保持沉默，上車告訴他抵達地址，自我的視野就純然投向車窗外風景，沒事不說話。

你，是？終究按捺不住，司機先生問起。

我，是？怎麼了？知道他的疑惑，我還是噤聲，再接續的話語經常是——很熟悉呢，但一時想不起來，好像……哪裡見過先生你吶！

林先生！記起來了，你，是那個作家。

被認出是「作家」，我自承有些許的虛榮感慰（司機先生讀過副刊上，我的散文吧？）反而感覺尷尬的是——我在電視見過你，知道了，你是名嘴！啊那也真久莫看著你上電視呢？一槍斃命。說真的，一聽「名嘴」二字，頓時全身冰冷，不知所措，再怎般靜謐，還是不安。

無趣味，十年前就告別電視了。我訕然地答說，淡漠的視野是車窗外那丘陵的綠樹，有些枯黃的乾燥，心底意氣想著：就別再問吧。這才微驚地自覺矛盾，這樣淡漠回話豈不是再接續的話題引言？彷彿就是答詢的被動場域。

喜歡聽你評論時政啊，怎麼就不再繼續？

多謝啦，莫乎汝棄嫌……回來寫文學嘛。

立即後悔了起來，這人人愛瘋智慧型手機的新時代，幾人讀「文學」？說寫作幹什麼呢？

蔡英文是在想什麼？她是怎樣的人？

國民黨沒用啦，民進黨是咱台灣人的祈望。但是請教阿義仔先生，以後會真正獨立否？

這下真是問倒我了。噤語唯尚，笑兩聲乾乾的，其實是不想再交談，非傲岸而是無解。人說切莫輕忽計程車司機，他們縱走世間紅塵，臥虎藏龍各有慧見、理念，十足就是深諳政治時局的「街頭評論家」。我多聽少言就是，只圖耳根清淨；是啊，我離開那無比喧囂的評論員角色已然十年了，還能再強作解人嗎？

如果在二十年前衷愛的報社沒因財務危機，宣告解散，我多麼多麼祈盼能欣慰做為一個編輯人得以圓滿退休。接續平生不忘的單純文學寫作，而非無可奈何地短期介入國會助理，只為謀生，繼而鬼使神差地在電子媒體經歷十年光陰的時政評論員角色。造口業、斥政客……那是生命極大的折損，收穫的是得以清楚地真正辨識面具背後，可能連政客自己都難以尋回或本質就是劣種、欠缺的純淨，奪權爭利。

曾以「魅影」形容：時政評論員群落，反思自己初時不免虛華，逐年以降則是愈感心虛和迷惑；最後是丟盔棄甲，逃之夭夭了。我警示自我內心，向來在文學寫作上秉持著「我手寫我心」的堅執意志，是否也在日以繼夜的屏幕相見時刻，不自覺地漸失純淨的信念和理想了呢？莫忘初衷。我的確懦弱地懼怕如若再耽溺於每天置身不同電視台談話性節目，自以為是公理和正義的夸言，其實是最不堪的墮落。

仍不明白何以有所謂「名嘴」的形容？時政評論員被社會稱之「名嘴」究竟是褒是貶呢？可記得先哲明言——人的嘴是所有器官最骯髒的一部分。多麼聖潔且淫邪的嘴（唇的軟、舌的濕），神的讚頌、鬼的詛咒；親吻和吮吸，情欲與食啜……終究是自感幻滅和無能地逃遁於最初的評論場域，我衷心至意的回想，就在一次新世代作家訪談裡，不免歎說——現在想想，當名嘴十年，有千萬人認得你，認為你辯才無礙，可是這有什麼用呢？天知道，其實我更寧願用十年的時光，去換十位知音，來讀我的文學……這是我的一廂情願也是由衷之言，文學如今幾人靜讀？眾聲喧譁，民粹狂亂。

三十五年了，我置身在廢紙堆中，這是我的love story。三十五年來我用壓力機處理廢紙和書籍，三十五年中，我的身上蹭滿了文字，儼然成了一本百科辭典——在此期間我用壓力機處理掉的這類辭典無疑已有三噸重，我成了一只盛滿活水和死水的罈子，稍微側一側，許多滿不錯的想法便會流淌出來，我的學識是在無意中獲得的，實際上我很能分辨哪些思想屬於我本人，來自我自己的大腦，哪些來自書本……

——赫拉巴爾《過於喧囂的孤獨》

這本輕巧卻深邃的小說，伴我在春寒三月中旬的夜航抵達六千公里外的阿拉伯海灣。書頁第一段如此熱炙、真切地符合於我自始未忘初衷的文學之愛。卷末是那樣地哀傷卻格外地寧謐與純淨，將自我與即將被廢棄的古老壓力機和半生最珍愛的書籍合而為一，如此悲壯，何等決絕！我遙想赫拉巴爾的心境，回溯自己文學的讀與寫……夜間飛行未眠之心不禁垂淚。

荒寒何懼？孤寂又如何。自始我思索著，人之所以為人的定義，因為喧囂有所爭議，不相信和相信，民主之尋求卻誤認為民粹——反抗法西斯的群眾到最後竟成了法西斯之人……漸離漸遠的島鄉，所有的人已沉睡，而我在三萬六千尺高空的越洋班機裡，就著一盞投射光束的讀書燈下，讀卷前這麼一段就值得了。

過於喧囂的孤獨。赫拉巴爾晚年的名著，雖言最後的小說，其實是自我的回憶錄吧？俄國入侵捷克之時，作家的悲憤反抗，是歇筆換槍，還是全然無助地自棄哀傷？卓越、秀異的作家的書籍由於不向極權妥協，就被完全禁制了……如果是在台灣，吾輩作家命運究竟遭遇如何呢？我再思索一次，機窗下是印度大地深夜中閃熠如星河的燈火，那麼微緲的一閃而逝。

那時候，彷彿所有人都認識你，自成一尾膨脹的河豚。屏幕之間，虛華且傲慢的唇舌指這談那，天真地以為苦口婆心的建言可能有烏托邦成就美麗之島的明天？你是一尾自己膨脹的河豚，尖刺事實上對抗不了那巨大而陰鷙的政治交相互利的權謀，你的愚癡如此天真。

告別十年後，前時的時政評論員之你，計程車司機先生的問答，孤寂正是你的懷中鏡。

都是美少女

下一世，我們還有美麗的地方相遇嗎？

——馮青：〈河灣〉，一九八四

母女對坐，紮著小馬尾的男侍者，微笑的遞上餐酒單，帥氣而陰柔。妳忍不住舉目看了一眼，鼻息間淡淡的古龍水香氣，是這和洋庭園餐廳季節花葉、四時旬食將妳和女兒吸引而來吧？正當青春、打扮入時亮麗的女兒，已是典型的ＯＬ上班族，擦著淡色珠光螢彩的雙唇自信、俏美的笑靨，一切就交給女兒決定吧。

淡定的，沒有特別表情，妳，只是母親。

忽然之靜？點過餐酒，竟而彼此沉默了。

彷彿一時間，停格在熟識亦陌生的怔然，就像隨眸側望，整片透明大玻璃落地窗外，五月綠郁的櫻樹下，幾叢日名「羊躑躅」的緋紅杜鵑花，粉粉嫩嫩，妳想起方剛少女的女兒首次與母親之妳頂嘴、抗辯，是為了何事？想不起來了，又是多少年前呢？啊——一個男人！彷彿依稀……那時，男人從大海遠方寄來一封長長的航空信，坦直地、哀愁的告之：離訣。

妳自問：我，不再美麗了嗎？向來感覺疏離，逐漸難以對話的男人，婚姻註冊是丈夫，女兒的父親，究竟在想些什麼？他的自由自在，他的天涯海角，莫非莫非，另外心有所屬？……因為，我不再美麗了嗎？於是妳終於仔細端詳著女兒方剛少女的容顏，慍意灼熱了起來，猛然發現她是那般地與父親，多麼酷似。

很多年以後的此刻，成年且自信的女兒隔著餐桌，雙手持酒笑說——媽，敬您了。妳一時恍神，被動的，難以自主的幾乎弄翻細長、高腳的酒杯，低微顫聲地回了一聲謝謝。丁香色的法國香檳吐著晶亮的泡沫，圓潤如珍珠般跳躍……妳，想到自認為被遺誤的青春與愛。

窗外那粉嫩的杜鵑花，靜靜地一種美，任妳回眸不由然的接壤碎片、斷裂的遙遠追憶，透明的大玻璃彷彿濛起霧來，像一面鏡子異樣回照出妳此刻的容顏……昨天才精心染過的褐色頭髮，怎麼今日午後陽光還是不經意的蹦出幾絲銀白？鼻與唇分開兩邊的，法令紋以及眼角明晰透露晚秋歲月的深邃魚尾。

呵，我早已，不再美麗了。妳幾乎絕望的呼喊出來，無比心虛的苦笑對視著女兒，終於全然澈悟那時和方剛少女的女兒爭執的主因，其實在於嫉妒的懊惱——粉粉嫩嫩的青春，不就是作為母親的妳，恐懼地鏡中對應嗎？

媽媽——媽媽。女兒凜冽起一張正色的臉顏，提醒已上的餐點要趁熱食用了。妳急急拿起刀叉，些微慌亂地切割著那片煎得香脆的紅喉魚，像小孩犯錯般的放入口裡，偷偷瞅著餐桌對方的察言觀色，女兒滿意的恢復一抹笑意，是否就如同她身為跨國公司主管的嚴謹呢？已非彼時十六、七歲的嫩稚女兒，因為爭辯於疏離的父親是非與否，妳激怒的揮出手掌，首次懲罰女兒的頂撞，那紅腫的少女臉頰，粉嫩之間，烙印著另一種不解以及，隱約的怨艾……幽幽歲月逝水流過，妳在碎夢裡，還是記得。

那麼妳不由然面對青春正好的女兒當下，是否憶及自己曾經有過的少女時代呢？怎會就在此刻竟而感到無由而來的異常羞赧，彷佛一下子清晰明白了過來！原來啊，女兒是鏡中回照的，妳的昔往青春和愛的倒影，早已不再。

怎麼像少女般羞赧的酡紅？因為啜飲的香檳酒嗎？丁香色淡淡金黃，猶若在那三月杜鵑遍開的大學校園，妳騎著單車輕盈滑行，微風帶著季節花的香氣，飄起妳的馬尾長髮，就用一條丁香色絲帶繫著，白襯衫和藏青牛仔褲及紅鞋子的二十歲，妳的初戀遇見那個男人。

男人笑起來像貓，他喜歡收藏古籍、索引歷史，至今妳還深切地記得，那愛過的貓臉男人，煞有其事，極為認真的指點校園綻放如多彩煙火的杜鵑花，向妳解說古代的註釋——

杜鵑另一別名：「羊躑躅」。應該才是日本人沿用這個古醫藥名的真正原因，根據早於唐代的《神農本草經》（約寫於西元二二〇—二六五年）記載：「躑躅味溫辛，主賊風在皮膚中淫淫痛……」南北朝陶弘景撰《本草經集注》，說明「羊躑躅，羊食其葉，躑躅而死」，故將杜鵑命名為羊躑躅。（註1）

羊食其葉，躑躅而死……？妳睜著純真、無瑕的眼睛，不解地反問男人「躑躅」何義？男人答說，心有所愛，遲疑不寧。問答之間，妳自自然然的將手交了過去，男人珍愛的緊密相握；妳最初如此相信，真愛應該不需躑躅。

三十年後，妳回眸倦看窗外的杜鵑花開，緋紅粉嫩，是面坐的女兒正當亮麗的大好青春，竟然無言以對了。她的大器以及沉定的表情是否也有小女子隱匿的情傷失落？一枚脆弱、小心翼翼的渴愛之心，像花朵般自開自落的難以自我抉擇與護持……其實妳是在想著自己。

親愛的媽媽，好久不見，妳不專心吃飯，有什麼心事嗎？女兒很好的，不必擔心。

何時，這內心深處似乎永遠是最可愛的嬰兒般寶貝女兒，竟主控全場的情緒了。她不會知道，因為酷似離訣已遙的男人容顏，還是引起早無必要的追憶（或埋怨？），不是都淡忘了嗎？那至今想起的男人，隔海航信這麼說——請妳原諒，我們終究是相異的河流。

相異的河流……？意識以及價值、自由或自私、誠實和謊言，究竟是男人深思後的澈悟還是妳只問虛矯的輸贏世俗。不明白、明白之間的一再印證，原來原來，妳對那人是如許陌生，就像兩道溪流在某個河灣偶然交會，只是那年三月杜鵑那般美麗的恣意綻放，卻未諳那日本的古書：《萬葉集》裡的躑躅是「象徵天真無邪、情竇未開的少女」。（註2）

妳這次終於主動的舉起酒杯，妳終於恢復自信的放開胸懷，笑意綻放了，彷彿回到三十年前那杜鵑盛開的校園，牽手而依偎的溫柔，青春正好的時光，絕不猶疑的，都是美少女。

註1、2借用曾郁雯《和風旅人》文句。

雙杯合一

偶一失手，摔破了杯子，彷彿破裂的心。

陶瓷或玻璃，昂貴或低廉都再也難以回復杯子本來的原型；如同日常的事物，在一處固定放著的位置，珍愛或忽略，事實就在身邊。

身邊的事物，時而忽略，時而珍愛；情緒的高低起伏也是，珍愛有時竟感厭倦，反是突兀地想起被忽略久矣的心事，彷彿遺忘很久的記憶竟然清晰明白了起來，因何緣故？

於是決定以杯子平撫情緒，比如取出捷克水晶高腳杯啜紅酒，德國骨瓷喝咖啡，日本燒陶飲綠茶……是怎般當下的心情？悲歡分野、意識本能；睡與醒的邊緣地帶，持杯最危險。

傷心的時候，不要喝酒。有位作家這樣說過。但是哀愁、沉鬱時，不喝酒又能做什麼？古人不是說過——唯有杜康，得以解憂。唐代詩人名句——對影成三人。結果李白醉到水中撈月，連溺斃都是酒的魅惑，是哀傷或極樂？

無杯承酒，是否可以折葉代杯呢？水墨畫卷裏的幽悠淡筆，那是一種瀟灑脫俗的意境；自求野放的率性縱情，是失意落拓抑或是離群獨行？怪不得昔往今時的水墨畫皆留白一方。

留白。究竟是要想或不想？白是山雲是海霧，迷濛和寧謐任由己心，就像珍愛與忽略的杯子，陶瓷或玻璃，前者是牆後者如水，阻隔視覺、透明穿越，不入酒茶，靜觀亦美。

瓷的白，陶的黑，玻璃若水……猶若持杯奉茶侍酒的敬謹戀慕，暗合於手邊夜讀谷崎潤一郎隨筆經典的：《陰翳禮讚》之直覺。窗外無月，大片暗黑，妻子提及數次尋訪京都哲學之道旁的法然寺，未遇谷崎埋骨之墓，殘念留憾。詢以日本文學地景名家老友陳銘磻，究竟在何處？原來這日本近代大文豪向來怕人塵喧囂，就連逝後墓石都隱於法然寺山門外的竹林中，不經意的兩塊岩石，僅以谷崎最終的遺墨，草書揮灑的一是「空」，一是「寂」……。
我的解讀：空是無我，寂是幻滅。
光影明暗，人間緣聚情散，如何描寫？

妳我一直堅信允諾
旅途中尋覓一雙杯子
帶回分置隔河兩處
祈盼有一天得以雙杯合一
對杯「金襴手」何等燦麗
金箔鑲以珠寶岫色
異采名之：伊萬里
伊人，萬里的思念之意？
就以伊萬里對杯留情
再一次旅行的愛之印證

面海旅店凝眸相看
靜美秋色，歲歲年年

於是，想起幾年前的秋天旅次，那位於丘陵上的日本料理旅館，符合季節景色般地就叫「紅葉莊」；許是在日本國土之南，長崎未見秋紅，還是晴陽下，綠郁遍山的青楓搖曳。推開房間向外的紙門，驚豔視野儘是延綿壯闊的山海絕美……妻子和我剛買了一雙咖啡杯，有田燒的「伊萬里」。入宿當夜，臨看港區燈火猶若藍絨上的珠寶璀燦，不是用來喝咖啡，而是以此地酒：黑霧島加熱開水各半品嚐，香醇如花朵清芬四溢，瓷杯間薩摩紋彩華麗，古代王朝的美學，物語透露史事，荷蘭人抵達了。

就留下一首詩。這雙咖啡杯讓我想起大正、昭和時代的耽美畫家：竹久夢二。筆下的女子眼神及動作恆是欲言又止的透露著某種幽怨，淒美得像秋深的紅葉，輕緩地凋落無聲；卻又隱約的藏不住畫家傾往的情和慾……夢二之繪盛名，反而後人忽略了他也是個秀異的詩人，名詩〈宵待草〉被譜成歌謠，傳唱至今。

彷彿一生都是沉鬱的容顏，畫中人少見笑意，那女子幽怨的回眸，似乎就是畫家本身的懺悔和救贖……竹久夢二自言，一直在尋求「理想中典型的完美女性」。創作固然完美，現實卻支離破碎，猶若持杯不慎，摔落裂解。

瓷瓶纖細、白晰的曲線，妻子靜靜眺望夜海，那側首的形影；異鄉的港灣狹長的蜿蜒航道，猶若我倆隔水而居，相互體恤、知心的賦予彼此自由自在的生活空間，因此每一次攜手旅行，就像約會的歡喜重逢，莫逆於心的珍愛寶惜。買一雙美麗的杯子允為旅行紀念，各持一隻回去各自的書房，祈盼有一天，得以同住，依伴晚年，自然時至雙杯合一，何等快意。

京都清水燒是櫻瓣陶杯，奧之細道的綠玻璃，瑞士蘇黎士骨瓷，金澤九谷燒，東京伊勢丹雕花水晶……每一隻杯子，都是愛的思念，獨酌或共飲之時，美麗而婉約都是記憶回眸。

總是季節的信物，許諾以及約定，未來時光逐向秋晚，霞色沉定而燦爛如紅葉，哪怕凋落，也是轉換為夜來的星光和皎月；分處兩方的杯子，酒、茶、咖啡都好，微笑遙敬，兩隻暫別的杯子如同兩顆貼近之心，緊密而靜美。

青蛾

進門之時，以為是一隻紙飛機，是哪個孩子摺了水藍色紙，拋射後不理會，就率性地讓它掉落在鵝黃瓷磚鋪成的地面，靜止著。

仔細端詳，才知是一隻活生生的，青蛾。

異常美麗的飛行器，是否來自外星球？

留著小鬍子的藝術家，淡淡地說——請別驚擾牠，這昆蟲乃是工作室常客，時而來訪。

果真氣定神閒，青蛾動也不動，幽浮般地降落地面，沉定默然地靜止，聽人與人對話。

藝術家善書法，勁逸草書飛蛇般潑灑在貼著大張宣紙的安山岩牆面，有硫磺的硝石之氣，畢竟這工作室位在火山地帶的谷地之間；窗外是早開的山櫻花，檜木剖面桌上放著一朵紅豔鮮麗的山茶花，像酒似血，又彷彿是一枚活著生命的紅寶石，心跳般錯覺地喘息著。

藝術家親愛的伴侶是舞蹈家，短髮細緻白膚，晶亮的眸色映照著窗外向晚的天光雲影，從廚房閃出，一手宜蘭膽肝，一手波爾多紅酒，笑顏如花綻放地說——等你們兩位好久了。

纖巧削瘦的女子擅舞，不知在舞台翩然展演時，是否就是一隻美麗的鳳蝶，或像此刻靜止迎客如不明飛行物的，青蛾？白皙若雪的頸子有著瓷瓶子上端的弧度，慧黠且敏銳的直覺定位：想是初見的藝術家靈感之源的繆思。

同行的企業家收藏他的作品，未抵達這山谷間工作室之前，早已簡介藝術家特質，稱美水墨如雲卷、流瀑，最具創意的反是：光雕。

極光七色如夜酒微醺

夢中青春烙印未忘

她在四面皆明鏡的空間
獨舞為你因為深愛
天鵝寧願垂死在湖岸

酒過三巡，企業家多少借著酒意些微放肆，笑我眼神遊移不定，左顧右盼，是否因為藝術家那標緻的舞蹈家伴侶呢？我故作微慍，放聲罰他先喝三杯酒。切莫造次哦，老兄弟啊，作客不可失禮。我嚴正笑說著，一方面也佩服企業家老友明察細毫地看出我的左顧右盼之因；不是窺視美人，而是牆邊那極光般，隱約轉換七色的光雕作品，非常地魅惑，十足迷人。

入夜一下子就是零時。結束一天，開始一天，青春早已不再的晚秋年華，分秒悄然飛逝，原來酒一喝竟忘了時間瞬然就剎那接壤了晝和夜。迷茫的醉眼不禁挪移到進門處，那鋪著鵝黃磁磚的地面，空無一物。那隻水藍色紙飛機般靜止的青蛾呢？忽然感到空虛，彷彿一時之間內心缺少了什麼的悵然，是啊，是思念。

靜止的青蛾是否回到窗外夜暗的林間了？意識頓時想起夜來的低迴鳥啼，密林深處的梟族猛禽方剛睜亮猶若貓瞳的眼睛，應是獵食時刻，青蛾是否誤入險境？我忽然憂心了起來。

阿格。是藝術家之名，我持酒一敬，輕喚後些許慎然的探詢——能否，收藏您的光雕？就像昔時面對喜歡的藝術家作品，傾慕的敬意是一種必須的行為，就怕對方說不的為難了。藝術家阿格似笑非笑，回敬一杯酒，還是笑而不答，是容收藏或婉拒呢？我拖了財帛豐厚的企業家下水——老兄弟，你，也挑選一個光雕作品吧！

好的，算我一份。企業家拍胸回應，十足相知靈犀，這是疼惜彼此的貼心，夜酒真美。

聖桑之曲的鋼琴初夜
純淨如此許諾誓語
星光雕刻著塔塔加鞍部

櫻花迷離明池春雨
鉤吻鮭的夢中異采

異采，幾年來的光雕，伴我夢醒乍見，彷彿依稀地回首記憶；再入夢的深處，不曾抵達過的北緯七十九度的極光親炙，書房羅列的典藏群籍想必在光雕七色漸層的變幻之間，所有沉睡的雋永文字、歷史、影像、圖繪都如同我在醒和夢接壤的邊境，影影綽綽地鮮活著想像與現實的交叉幽玄，傷逝的死魂靈逐漸接近了。

夢中之夢。你啊，仍未輪迴轉生嗎？我靜靜問候。你反而疑惑地反問：我已成鬼，你不害怕嗎？我說夜深人靜，只有鬼才是美麗的存在印證，老友啊，你要咖啡還是酒呢？深深地微歎，若有似無應該就是遽然傷逝的你，究竟要說些什麼？世代相與，我深諳你的遺憾。

追思會你沒來，他們紀念我儘是政治口號，怎不知我的遺憾是未竟的小說……汪笨湖。他會這麼說嗎？

三月是怎樣地不幸？早班航機你飛荷蘭轉西班牙，同日我夜飛杜拜轉科威特……而後是四月初，詩人說是：最殘酷的季節，你不告而別的：林佛兒。

是否？前時的青蛾，就是無奈的辭世預言呢？我本以為今年秋天還能再見風采翩翩，在府城紅豔的鳳凰樹下，半生老友笑談咖啡香醇的午後；秋如夏，人生早知秋，心事依如故。

再曲折、誤解的生命，只有文字真正得以留存內在的祈願，烏托邦的想像終究是夢裡含笑帶淚的書寫構成；傷逝的死魂靈未了心事，其實早就深諳，這言愛島國的口號儘見虛矯，像青蛾之靜默、光雕之迷茫，你一定懂得。

春畫

有此一說——某位長居歐洲的已故畫家在完成一幅得意的美人裸體彩繪之時，狂喜當下遂猛烈對畫用力手淫，湧漫濃稠的精液噴灑其上，猶若裸女凜冽地在白雪紛落的冬景中。

溫柔纏綿暴烈的雪……如花飄落紛紛。

精進、奮力完成的創作，彷彿性愛高潮。

而後，竟是凋萎、倦累。何時再得佳構？

想到世人皆知的天才與瘋子合體的：梵谷。割掉自己的耳朵，送給妓女；究竟是歡愛、極樂太過，抑或是萎縮、畏懼於無能的挫折？比敗筆的劣作還要傷心的幻滅之感，妓女應合於謹守職業道德、遵循禮儀，難道是酒後交媾的失態訕笑嗎？完美主義尋求的梵谷，畫作與歡愛都要合一的完美無雙，因此割耳以明志？

現實再悲苦，創作就是寒冬中祈盼春暖。

畫出對春天的祈望，孤寂之心被冰封雪凍彷佛一生宿命的百轉千迴，怨艾不幸的降臨本身，是前世罪孽的今生懲罰嗎？或者是生命本質的敏銳和易感……於是拿起筆來，日以繼夜，書寫和作畫，猶若推石又墜下的西西弗斯。

女人豐美如多汁的果實，可讓貪戀的男子提升與沉淪。千年以來，東西方都有虛矯的「道德經」，嚴刑正法的禁令：女人不許荒淫！卻容許好色縱慾的男子極端放肆？且看《聖經》這舉世最暢銷之書，訓誨女人當謹守婦德，馴服男子於全然歸順和犧牲，生兒育女，不得異議和懷疑。結論是邦國之覆亡乃自出於女人的煙視媚行，而非男子的墮落與敗壞……多麼的法西斯律則，據說就是來自看不見之神。

人性是什麼？神之大能要的是馴服羊群。

畫家虔敬地開了一瓶酒，凜冽正色的對我這樣定義人與神之間的默契——

那麼，鬼的存在或不存在，只是默契中的偽道德制約吧。持酒互敬，幽暗微亮的大畫室靜默中，隱約的錯覺……酒未盡，人未醉，怎麼兩人喝酒竟然依稀彷彿有另一朦昧的喘息呢？也是嗜酒貪杯的鬼嗎？畫家笑說——那就再準備一隻空杯，夜深人靜有鬼隨形，何不美意的邀鬼同飲，對影成三人也是逸趣啊！酒話依然不忘談畫了。

畫家言之傾心：莫狄尼亞尼。我笑說他的裸女畫眸色空茫，疏離淡漠，反而最情色。畫家反問我——西方畫家你喜愛誰？我答以：安格爾。他的後宮裸女群像多迷情，春色無邊卻又格外純淨。那麼，東方呢？畫家再問。我說：日本浮世繪的葛飾北齋。你看他的不朽名繪「富嶽三十六景之神奈川沖浪裏」何等壯麗！

果然是江戶時代一大師。畫家讚許，而後悄聲的說——但我也欣賞北齋的「春畫」系列。我握拳叫好！真性情，多知心的畫家，敬謹與之碰杯且一飲而盡。酒意頓時如高漲波濤。

潮浪翻海如越高山
莫非是頂峰雲雨的極至
絲綢輕柔拂過的晚風
夜暗裏以手交談
只要微喘則香氛四溢
不須任何愛底誓言
這是最貼近的纏綿
緊密且濕濡的忘情
男與女合體如孿生
前一世就在相互等待

畫家少是裸體畫，多的是抽象的塵間寂寞的男女……何以如此？所以啊，中國明、清年代的水印版畫盛傳民間多是性愛的「祕戲圖」，同一時間的日本浮世繪名之「春畫」，無論肉筆或版畫亦是精彩絕妙。畫家解說著。

同般崇尚儒家禮教的社會，不被「道德」告罪否？我提問。畫家答說——中國最喜歡以「道德」規範群眾，不可宣淫！如今數計人口為舉世第一，只為傳宗接代還是性愛貪欲？「祕戲圖」還是故作保守些，日本「春畫」則是極度誇張，用意與同，只是藝術表現相異。

夜更夜，酒更醇。不談彼此的繪畫和文學，反倒是幾分戲謔的腥羶，男人之間的秘語符碼竟是藝術史半遮面的性愛話題……是坦直率性抑或是本質深處隱藏的故作敗德呢？不油然談到近代的林風眠和徐悲鴻，林風眠的裸女畫如斂翼天使，徐悲鴻則像聖女獻祭。印象深刻反倒是徐悲鴻的名作：「山鬼」——森林夜寂的幽玄間，長髮墨色如夜，爬著千年葛藤，膚白若雪的裸女跨坐黑豹……貞淨卻隱含情欲。

那麼，偷歡於女色的西方眾神之主的宙斯化身天鵝接近美人麗妲，還有愛神邱比特夜窺深眠的美少女，都是藝術史上畫家落筆時內在索求的投射吧；我還記得互為輝映的絕色名繪——穿衣與裸體的瑪哈。畫家戈雅動情否？

能否失禮的請教一個不情之請，冒昧的問題？我有些不安的試探。畫家笑說，是問我私密的創作「春畫」嗎？不曾試筆呢，倒是收藏了幾冊，想不想春色配酒啊？我壯膽地提起，在單獨與裸體女模特兒作畫時，是否會萌生性欲的需要？畫家倒是磊落的立刻作答了——偶而吧，但還是避免實質的關係發生，最好不要。

葛飾北齋的另類「春畫」一閃而逝，我再敬謹地舉杯敬知心的畫家；還是那波濤洶湧的神奈川浪潮壯麗的浮影，那是春天的時候吧？

邊境隔海

蒙著面紗，一身黑袍的伊斯蘭女子，如若卸除緊密的衣褸，將是如何美麗的裸身呢？

我抵達阿拉伯半島的海灣國家，原初想像的大漠荒蕪，貝都因人牽著駱駝緩緩行過，全然相異的繁華和現代，可見西方帝國主義百年以來是如何污名、誤導被迷惑的臺灣。

杜拜轉機抵達科威特，海關糾纏了老半天，護照與簽證彷彿頓時失去了作用，關員堅持一再追問：「泰國人吧？」我一再解釋是臺灣。臺灣在哪裡？沒聽過有這個國家！他們說。我要了一張白紙，畫了詳細地圖，中國最東岸臨太平洋，似鯨魚又像甘薯的狹長島國……。明白、正色地說：「不是泰國，就是臺灣！」

海灣國家信奉伊斯蘭教義，不喝酒。我卻在科威特回程停留的杜拜帆船飯店的晚餐盛宴，七道菜搭配七種紅、白酒……，因為來客都是外國人吧？弧形的牆面是整片巨大的海水魚缸，幽浮般的虹魟及匕首似的鯊、龍王鯛……，被隔水的透明玻璃放大了魚體，彷彿置身深海。

還是被誤認是臺灣之外的東方人嗎？

餐前被安排在飯店外臨海的灘岸等待，侍者點亮桌間香水燭光，問說要喝些什麼？妻子點了長島冰茶，我叫了海尼根啤酒。仰首，巨大的帆船飯店建築在水色粼粼的幽藍中，遠看果然像古代三桅帆船，近望又像隻大甲蟲。行前，來過杜拜的朋友說：「住宿帆船太昂貴，至少體驗一次晚餐。」

他們沒有提示的是：晚餐同樣非常昂貴。

既來之則安之，體碩如岩的龍王鯛，肥厚的唇部抵著水牆，沉定地看著我用餐的刀叉動作，我持酒敬牠一杯，相信魚族也是伊斯蘭教徒，面無表情地瞪我一眼，不屑地搖鰭游離。餐廳經理和侍者都是俊男美女，金髮白膚的歐洲人，慶典般驚喜地奉上一朵漂亮豐美的紅玫瑰，祝福我和妻子，歌詠般地嗓音：「蜜月快樂」。

晚秋之年在春時抵達這海灣如閃亮明珠的城市，漠漠黃沙的荒蕪之中，構築壯美如夢境的杜拜；石油致富，典型的金錢遊戲之究極。臨海的對岸，就是伊朗，古名：「波斯」。

波斯灣，直覺地想到二十年前的戰事，西方帝國主義揮軍入侵伊拉克，美其名：「無限正義」？世人都非常清楚，不是正義，而是石油。總是被一再誤認是「泰國」的臺灣，所有媒體都亦步亦趨的呼應正義之師，十足小丑、弄臣地奉承與媚俗；但見荒謬的電視新聞畫面，玩偶般身穿迷彩野戰服的美女主播，恣意誇張的狂喜語氣，彷彿是日以繼夜的喜慶年節。

夜襲的導彈爆裂焚城，跨年的煙火嗎？哀泣嚎叫的母親緊摟著被殺死的幼兒，是最沒水準的臺灣本土連續劇的閱看延伸嗎？恐怖份子之惡，污名化伊斯蘭信眾。西方帝國主義強權才是複刻的十字軍之正義嗎？

靜靜地遠眺大海，幽幽藍藍一片寧謐的無垠蒼茫。這是海與陸地接壤的異國邊境，身後是黃沙漠漠，前望是浪濤浩瀚……。可想可不想地放空與自在，全然陌生的人與景，有事發生或幻滅，諳知或未識都好，這裡不是臺灣。

那麼，臺灣在哪個位置？北回歸線橫越過北緯23.5度，本就自然地烙印於心，生與死都難以割離。只有缺乏信心之人，才會符咒起乩地高喊「愛」臺灣！臺灣本就是骨肉相連的大地母親，自然自在、自得自由地存在，美麗之島，婆娑之洋，四方臨海都是庇佑子孫世世代代的原鄉樂土，人民大器凜然，何懼之有？

蒙昧自我更高遠的眺望、前瞻，相對就自我愚蠢地構築高牆，劃定邊境，閉鎖在偏執、狹隘，漸生恐懼的心病之間；相互詆毀、耗損折虐，排除異己、交相爭利。這是百年來，臺灣的無奈輪迴，母親內在最深切的悲哀。

弦月與星光的關係
和諧映照，保持距離
冷與熱，陰與晴

駝隊悄靜行過大漠
一定有星光指路
那是穆罕默德慈愛眼神
純淨地伊斯蘭之星

皎潔弦月不該是
一柄嗜血的彎刀
先知真言不只一條
猶若古蘭經未曾讀懂
並非伊斯蘭才有基本教義派
關於島國未來的茫惑
如何向孩子們殷切訴說
意識形態撕裂

比彎刀還要殘忍
島國之愛竟是風中孤燈
星和月如此純淨

猶若泉畔的貝都因牧人
回想六千里外島國
許以至愛，替代噤聲

翌日，面向著阿布達比的大清真寺，忽而憶及十年前曾經寫過一首名之〈伊斯蘭〉之詩，藉阿拉伯大漠回溯臺灣島鄉。彼時的憂杞在於晝夜無盡的政爭不休，十年後此時在異國的大風景下，淡忘久矣的記憶竟如大漠時起的沙塵暴，自遠而近，迷濛觸身而隱約疼痛著。被貽誤、詛咒的臺灣，幸或不幸的島國？

參謁大清真寺，女子必須全身包裹黑袍且覆頭紗，外國旅客規定在入口處借衣著裝方可進入。本地住民，男士典型頭巾、長袍全白，女士一身黑並以頭紗覆蓋耳鼻唇，只可見亮麗雙眸，翳動著分外迷魅的秘密之美。

分外迷魅的秘密之美，猶若斂翼的蝴蝶。

純金鍛造的巨大圓頂，雪白如玉的牆面，鐫刻著浮雕的古蘭經文——「真主至大」。如此壯麗至美的大清真寺，我的抵達是驚艷建築景觀的純粹，而非伊斯蘭教義的探索；這是旅行列國對異文化的尊敬與學習的態度。

愛德華薩依德因白血病過世幾年了？因為他的自傳：《鄉關何處》讀後再續《東方主義》，直至《被遮蔽的伊斯蘭》等書，我才初識中亞、近東的異文化。這位任教於美國紐約哥倫比亞大學的哲學教授，也是深諳愛與美的秀異鋼琴家，一生為原鄉巴勒斯坦仗義直言。

我也曾以這樣的詩句形容過他：格格不入憂傷著薩依德／以「無限正義」之名復辟／十字軍的天羅地網中間／這人優雅地拈枝紅玫瑰／就輕盈穿越鐵蒺藜……。

那麼回問：誰的一生是為臺灣仗義執言？

一定有人，只是早被殲滅理想因而噤聲。

怎麼能在離鄉遠遊的異國，還是不由然浮現對原鄉的思索？不是鄉愁，就是自然而然地眷念；我的血液裏湧漫的是臺灣海域的浪潮吧？時常想藉旅行暫且淡忘，卻怎麼也難以忘情。其實很不喜歡這種無端的糾葛，請讓我全然放下，閒適安心地作個單純的觀光客多麼好。

就像仰望號稱世界最高的哈里發塔，八百多公尺，高可穿雲。他們誇耀地說，這是直通真主的神啟宣示，先知穆罕默德的大智慧之眼，悲憫垂憐，一定看得見塵世人家的哀傷。我不知道，在水舞多彩的音樂聲昂然奏起之時，大漠數百里外，殘暴的伊斯蘭國正在屠殺無辜的人民，對抗的政府軍卻一再誤傷自己的同胞……。杜拜，什麼昂貴的消費都完備的夢幻之都，卸下黑袍的女子，不只是美麗的裸身，而是舉世名牌的時尚典飾：愛馬仕皮包、勞力士金錶、賓利房車、香奈兒珠寶……，極盡之奢華！

異教徒的《聖經》前書警示過，奢華之極終究毀滅於神怒之手的索多瑪、蛾摩拉兩城；數千年後，不論東、西方各宗教的一再訓誨，資本主義的實質，早就徹底統一消費的堅信。

回程前夕，我臨別凝視依然是廣闊無垠的大漠黃沙；地平線的海市蜃樓嗎？一排又一排的石油挖掘機械，鳥啄食穀粒般地上下勞動著。想起讀過的一本圖文書《伊斯蘭的世界》，印象深刻的是一位沙烏地阿拉伯部長，四十年前回答西方媒體記者的一句感嘆之言：

石油發現之前，沒有人關心我們；

石油消失以後，也不會有人關心我們。

火燒雲

童年的台北盆地高樓稀微，於是家居二樓屋後和阿嬤共宿的房間木格窗門推開穿出，就是圍起紅磚短牆與水泥地板的方正露台。沒有花樹植栽，由於屋後是富豪鄰居的大庭院，一株比二樓還要高大的百年樟樹，那繁茂的枝葉猶若巨傘，野悍而壯麗地侵奪入我家露台約三分之一的天空。夏炙遮日的清爽，涼風吹過林梢，白頭翁家族沉定不畏地築巢。

那時究竟幾歲？小學年代吧？父母終日為生活奔波，將我交給阿嬤，似乎全然的野放和雙親顯得格外地陌生而疏離……四十年後撰寫生平第一部長篇小說《北風之南》，終於多少留下了孤寂的童年記憶；露台於今依然不時明晰浮影，彷佛是從未拆解淨盡的舞台布景。那是我遙望淡水河蜿蜒向海，兩岸隔開大屯山、觀音山的不朽印記，向晚時彩霞滿天，阿嬤指著遠方說——那就是：火燒雲。

火燒雲？迷茫朦昧的童稚心靈似乎存在著某種隱約未明的憂傷，渴求父母撫慰的祈求是那般地深切；猶若遙望山與河交會的童眸盡處的遠方難以抵達。

往後我讀到林彧的詩句——

兒子臨睡前留了一張
紙條：請幫我買雙ㄎㄞˋㄉㄧˊㄉㄚˊ
不是愛抵達嗎？
沒受過幾年教育的我
不禁自問：我的愛是否抵達
然而，難道不是這雙赤足
為他而跑，我的愛
竟未抵達……

不經意翻閱到詩人林彧詩集這一段，正是在報社編輯檯看完明天的副刊版面，三十多歲方因一首偶然觸及的詩才澈悟昔時父母的勞苦與無告的苦衷……現實終究是非常地殘酷，養兒育女因為奔波生計，疏離和陌生原來是那般情不得已。副刊編輯室在六樓，我推開通向後陽台的門，為自己點上一根菸，忍不住地流下眼淚；三十年後才懂得懺悔會不會太慢了？沉默一生的父親早已病逝多年，阿嬤也是。我應該好好地，好好地陪伴安靜少語的母親，總是印象中冷淡、自我防衛、保守而排外，時而孤僻時而熱情的她，一直不明白母親是怎樣的一個人？不是她疏離我，而是我疏離了她。

向晚時分了。六樓後陽台遙望，大屯山與觀音山在夕照中彷如剪影。三十年後的台北盆地早就高樓四起，看不見蜿蜒流去向海的淡水河，時往事移，滄海桑田早已變易，不變的是那遠天的晚霞，燒灼得那般決絕的絢美。火燒雲！呵，頓時憶及阿嬤當年向我所形容的。

母親慣於在民權西路和天祥路口的舊居頂樓，晨時整理花樹，靜靜地不多話，只有孫兒女靠近撒嬌之時，才會綻放出慈愛的笑容；依然是凝肅著臉向我，如此日常也就彼此的母子之間無形中橫列著一道鐵蒺藜，交談兩語，頓生格格不入的不歡而散，因為長年疏離所致？

母子還是陌生。只有伴她在蒔花弄草時誇她的種植之美——媽媽，這蓮蕉漂亮、桂花真香、紅竹挺拔……方才笑了一下，而後又是凜冽的容顏。我一時沉默了，微慍地下樓，是怎麼了？我是母親的災禍或是造成她和父親的某種障礙呢？我做錯了什麼，心目中的孽子吧。

火燒雲。意外的某個黃昏時刻，我上了頂樓花園，母親向著孫兒極力婉言勸慰，主因是收養的烏龜是我兒女的心愛物，他們阿嬤竟然要送行天宮放生？兒女都不忍哭泣起來了。做為阿嬤的母親這次真的狠下心來，我說，一定要這樣嗎？非如此不可嗎？母親異常平靜地回答——恩主公如此諭示，我搏杯三次都顯示，必須如此。忽然一指遠方說——你看，那是：火燒雲。我循指向看去，晚霞滿天好絢美。

很多年後，母親已然八十高齡，那般溫柔地向妻子傾吐心事，我在身旁聽到她說著——

那時，我也不知道要如何疼惜自己的兒子？只知道拚命掙錢養家……

謝謝母親的這句由衷之言。彷彿她的一生都隱匿在無以言詮的壓抑和逢迎我那偏執父親的意志之間，不可太疼惜自己的兒子？因為我不是親生的孩子是抱養自姊妹手帕交之手。疑慮半生，此時是我衷心摯愛，伴隨她九十二高齡的不離不棄，養比生更偉大，我永遠記取。

在異鄉，在此地，向晚時分，我恆是慣於靜看晝與夜交壤之間的霞色璀燦；那綣繾多變的雲紅如火焰，靛若海水……是的，冷與熱不就是人間行止的流程嗎？悲歡離合，現實殘忍，理想幻滅，美與愛的相信和疑惑。破缺交雜圓滿，糾葛的價值和背叛，幸好幸好，我以文學反思、懺情於俗世庸凡，其心如明月之雪。

夢一場，一場夢。回返童眸彷彿依稀的未忘，曾是疏離的父母遠在天邊，哭泣不敢出聲地避縮在冬的被褥中，何時可以展翅高飛？

紅磚以及水泥露台，半世紀前的台北盆地高樓幾稀。向晚時分童眸回望，淡水河銀亮地蜿蜒流向大海，夕照霞光那般野放的雲彩繾綣；阿嬤遙指遠方說——那就是：火燒雲。

永夜的寶石

當春芳草地，萬物皆獻媚，為了什麼事，拋了妻、遊遠地、長別離。憶昔別離時，二八少年期，到如今，霜華兩鬢垂……。

——台灣民謠〈百家春〉

不知怎麼，在尼莎颱風襲台的子夜，藉一盃酒，閒適的拜讀汪其楣教授的劇本集新書：《人間孤兒》與《大地之子》時，翻閱到這一段古老的民謠，竟然自然地依循歌詞吟唱了起來。其實是忽而憶及父親癌病末日前，家人隱忍即將降臨的哀傷，在新北投溫泉旅館「吟松閣」無奈的辦了生前告別餐會……請來那卡西助興，其實沒有幾人興起歡唱，怎會有酒歌的放懷心情呢？樂師只好彈奏音樂作背景以逐沉鬱的寂岑，幽幽單音的一曲〈荒城之月〉就循環了幾次，那是父親向來最愛的日本曲子。忽而父親綻開苦澀的笑顏，近身樂師附耳囑咐了什麼，而後坐回原座，沉定的隨樂擊掌吟唱，不是日本歌，卻是台灣民謠〈百家春〉。

後來一過就是三十年後的今夏，我的外孫從幼兒園畢業，九月就將上小學，他的父母親要他吟詠〈三字經〉給我這外公聽；一句一字如此清晰而沉定——人之初，性本善，性相近，習相遠。苟不教，性乃遷，教之道，貴以專……怔滯而愧然的外公之我，從未學習過。

從未學習過的我，早已超過癌病死於六十三歲父親的年齡。他唱著〈百家春〉而外孫為我吟詠不識的：〈三字經〉？此時尼莎颱風過境，生平第一次將一冊劇本書完整讀畢，此間所書寫的、記載的竟然將我喚回八〇年代的島鄉台灣；那時，我是怎樣一個人，我在想些什麼，正在從事何種意識的認同和辨識？天真愚癡，一廂情願，義無反顧，意氣用事，都好。此時之我寧願遺忘，而汪其楣卻要我不忘。

不忘的，反而是近幾年的導演教授親自粉墨登場，扮演了在台灣近代史蓄意輕忽的：舞蹈家蔡瑞月、作詞家慎芝、台灣共產黨領導人謝雪紅。曖昧惑然的台灣歷史，在三十年前她主導、編寫的劇本《人間孤兒》與《大地之子》早就明悉的凜然顯示，今時幾人回索台灣史？

新時代人不必有父祖的沉重歷史包袱，淡漠的、不以為意的翻看三十年後新版的劇本書，冷冷地自可結論——那是你們的年代，我們剛是嬰兒期，本就不諳也不須揹負昔往記憶。

說的也是。此時正閱讀之我，兀自問與答，而後從書中想起引用的好散文〈幽幽基隆河〉，無比深切地念起作者郭鶴鳴老師，昔之好筆，何以不再？詩人吳晟嚴正定義「是歸人不是過客」，是啊是啊，我輩相與行過，悲歡離合，愛恨糾纏的八〇年代真的已然灰飛湮滅了嗎？

《人間孤兒》的劇作中不僅採擷當時重要的環境與人文思維的作品，重製為有力的舞台呈現。劇作集中也收入了不少藝文界名家在觀劇後的評論與迴響，火燙的指陳，不就是我輩對台灣的熱切印記。到了《大地之子》，劇作者回到她的學生輩身上，現今五十到五十五歲的青壯人口，在台灣鄉鎮變遷中，升學成長入社會的酸楚軌跡。

開場竟有一奇特的「飛行船」環球旅行，到世界各地上空採集純淨或污染的空氣，並飛到了台灣近海上空。演員以梁正居《台灣飛行》攝影者的眼睛，記述如齊柏林所空拍的國土大地。彼時仍兀自散發美麗的農田、漁港和森林河川，還未曾遭遇痛心破壞的台灣。而面對今日之紫爆空污，彼時飛行船的前瞻任務是採集空氣以試圖拯救人類的呼吸，怎不令人愴然、驚惶？

《大地之子》比《人間孤兒》更逼近刻劃都會之外的鄉鎮。「童年肥土鎮」、「廟會」、「遠足的心」是參與編劇的年輕演員們不願放捨的純樸記憶和美好價值，然而肥土膨脹，成長慘綠，人為的破壞終於引起大自然的反撲，《大地之子》的演出收尾在十年後的一場大地震——寓言了九二一，以及未來恐怖的一切。

我曾在拙著《遺事八帖》中〈日島〉一文，借用日本小說家大江健三郎反詰日本人的那句諍言，換之天問——

台灣人是什麼？能不能變成不是那樣的台灣人的台灣人？

河川污染、垃圾成山。從荷蘭、西班牙乃至於大清帝國、日本殖民、國民黨時代、民進黨本土政權於今，理想主義的台灣戲劇學家汪其楣以台灣為念的劇本書，良美初心的殷切祈盼，我還是要凜冽地告之——終是徒然。

但是不可因之絕望。雖說三十年前良美初心的書寫和展演，憂杞生養吾輩的台灣島鄉從前的歷史流程，往後的世代傳承，我們合該應許更新的下一代人是勇健、自信的「大地之子」而非「人間孤兒」！愚癡如我這四十多年不渝文學書寫之人，恆是天真的樂觀其成。

很少人讀成書合集的劇本。我必須坦誠懺悔於自己的輕忽，總認為舞台上的實質展演才是最完美的終極呈現。竟然失禮的未能致敬於最初發想的劇作家長夜未眠的尋索和苦思……從無到有，錯覺抑或是玄想大可漫無邊際，難以抵達的反而是爬疏於歷史之印證、虛實惑然在真假何耶、依稀彷彿的幻境，彷彿永夜未明，僅能幽微地唱起這首歌——

阮若打開心內的門，就會看見故鄉的田園；雖然路頭千里遠，總會暫時乎阮思念想要返。故鄉故鄉今何在？望你永遠在阮心內，阮若打開心內的門，就會看見故鄉的田園。

——呂泉生作曲、王昶雄作詞

三十年前參演過汪其楣這些以「台灣」作題的史詩大劇的藝術學院諸君，如今已是各行各業的早成卓然名家的青春鳥們，再回首當年，跟著從美國奧瑞岡大學留學歸國的汪其楣教授，如此漂亮、佻達的引領，師生們走進排演場前，安然又熱切地苦讀台灣文學的歷史啟蒙，美麗之島、婆娑之洋，如此自信，何等凜冽的台灣意識，毫不政治。

就像讀者翻開汪其楣劇本新書，不由然地隨口吟唱：〈百家春〉、〈農村酒歌〉、〈一隻鳥仔〉、〈阮若打開心內的門窗〉，自然自在且自得。彷彿是一顆又一顆的寶石靜寂的閃爍在永夜裡，還是祈求永夜過去，真正是黎明天光到來的，台灣。

普羅米修斯

今時，請問：何處可以看見滿天夜星？

有人忽然這樣說了，我一時無言以對。新世代的文學好手，剛獲得博士學位，在最好的國立大學擔任助理教授。彷彿隔離得更遙遠的時間，古老的從前，新且陌生的現在，像我那沉默而壓抑著什麼心事的兒子，極可能，我這父親的心事他不懂，我也不諳他深埋的沉鬱。

只記得，兒子的阿嬤，我的母親在很久以前，心疼的說過——你的兒子常常躲在棉被後哽咽地暗泣……聽了以後，像一支插入心口的尖刺，我這父親的不忍和疼惜一直存在如今。似乎，在報社工作的歲月，下班回家已然入夜，兒子早做完功課，沉沉入睡；悄然地帶著父親愧疚的不安，侵入十燭光黯黑的房間，靜靜地垂眼看著深眠的兒子，滿懷歉意的不知所措。對不起啊對不起……他還很小，不會懂得。

那時還住在中山北路三段和民權西路交叉口的天祥路，我們有獨棟的四樓公寓，頂層是父親亡故後，母親藉以排遣憂懷，精心著意的佈置了一片花圈，種滿四季的花樹——蓮蕉、紅竹、桂花、薔薇、九重葛……我很慚愧，幾乎就是辛苦的母親為我殷勤、摯切的照顧我的一雙兒女，嬤與孫笑語在花園，我在寫作。

很多年以後，冬冷欲雪的東引島，一身迷彩野戰服的兒子伴我走入安東坑道，雄偉、巨大的岩穴鏤空處是浪濤洶湧的大海，燕鷗群嘎然喧嘩。還是默然少語的年輕軍人，我問說——這島上，夜來滿天星吧？兒子點點頭。

子夜，很深很沉，我獨上頂層，看星。

三十年前的台北，星光是如此燦爛。

三十年後的台北，燈火掩蓋去所有的想念、青春的遐思、現實歷經百折千迴的破碎。

而後是突兀的大停電，異樣地一大片黑？

難得點亮了蒙塵久矣的香水燈燭，一朵微顫、跳動的火焰，彷彿靜靜吸呼的花蕊，又像初誕嬰兒的，小小的心臟，躍盪著生命的渴求，我與燭光對看，想到一個古希臘神話的名字——普羅米修斯。什麼時候，你，盜火而來？

花與蜜，渴求愛
曾經是昂然美少年
不須臨照於水邊
黑色鑲金的短劍
不忘採擷一朵紅玫瑰
等待晚時驅羊回家
那回眸一笑的美少女
相信愛，仰首入夜
滿天星，說什麼？

普羅米修斯，恆是自信且自得地端坐在層疊千重的雲之上；端坐不離的主因在於被眾神之王以鎖鍊禁錮。邱比特小朋友搖擺著背後的小羽翼挪近，疑惑地問說：怎麼還笑容如春風，大人們說不可靠近你，叔叔，你，究竟犯了什麼罪？我沒有罪，我只是送火給人類。

希臘神話沒有這段記載，是我這子夜未眠之人，臆想的寫下上一段文字。就因為只是「神話」，沒有人，沒有看不見的神，甚至於死滅千百年的鬼魂，可以指責我這書寫者造謠！

是的，造謠。普羅米修斯如若真有其人（神？）定然驚愕於幾千年以後，無以數計的偽善者、假道德之人，只要按鍵，千萬億條的謠言剎那如群鴉喧嘩、蝗蟲過境，翠綠大地頓成荒蕪沙漠！高呼民主，事實是民粹，說公義其實是私欲。近時流行一個科技名詞：人工智慧？智慧可以人工，那麼古人的智慧都成垃圾？電腦從前叫「深藍」，台灣應該叫「墨綠」，揣測你，選擇或淘汰，像雞蛋像有機蔬果的精挑細選、基因配對——達爾文的優劣分野、納粹希特勒的純種亞利安人、猶太民族的「選民」論……我說：普羅米修斯，你不該盜火給人間，何以最初未諳，幾千年後，引火自焚的悲劇反而是被禁錮以罪的自己？

所有的人都入睡了吧？我反而從白天的茫然昏沉，異樣地清晰透澈，我，不被黑夜所制約。好了，醫師嚴正諭示——晚間十一時至子夜一時是肝臟必須靜養的時辰，請安靜入眠，健康保重。就是不信邪已經四十年的我這異端之人，時而暗夜行車，穿過茫茫夜霧，越山近海，深沉的無邊幽暗、無人跡的荒野，只為了仰首看星光滿天，全然放空的，純粹看夜星。

沒有聲音，毫無情緒，安安靜靜的仰首。

多少年，你，不曾看過滿天星光了呢？

彷似晶瑩的淚滴，忘了好久不再哭泣。

盜火而來因為不忍
長夜無明的人間
那時只能自然仰望
相信一顆星

就是一個人
傷逝幻滅地認命
幽暗最黑，相互探索
星光和月華的祕密

給人類光與熱，護持了冷冽和孤寂的心。

惱怒暗裡偷歡、敗德的眾神之王，重雲之上的奧林帕斯天庭的律則，終究判刑了盜火者普羅米修斯的罪名；塵俗人間，愚昧男女，何幸於光與熱的護持？偷歡、敗德者一旦手握權柄，訂定的律則、法條，更是宣示最道德、至高不容侵犯、質疑，本就視人民為芻狗。

所有的文學、繪畫、音樂、舞蹈、戲劇，事實就是替代普羅米修斯平反的形式。沒有任何的希臘神話的眾神，比起普羅米修斯更為真實、決然的奉獻己身；昔時的書寫者，想是明晰人和神之間的詭譎多端，借神之虛幻突顯人之實質。那麼，盜火者是盜還是俠，是劣或是優的人（神）性呢？

相信，不相信？從昔至今的文字書寫，時被詰問——何以你的問號用得這麼多呢？我，不是天生的懷疑論者，只是人世認命的行過和歷程，很殘忍的，親炙冷暖、虛實、出賣、背離……這就是活生生的現實。彷彿如此知心、解意，普羅米修斯為黑暗的人間，送火而來；祂豈不多少明白人性深處所具有的劣質與惡念，猶若我自始相信，寫下的文字必須要誠實。

永夜的深眠或未眠，只有仰望夜星閃爍，純淨且無瑕的俯看對望的眼睛，默然有時最真心，不語事實最多情。

心事。永遠是身而為人最沉重的懲罰，是神的詛咒，或者是死後鬼魂未償的悲願？我在星光燦爛的黎明前黑暗幽深的海岸，問著自己的內心，存在的意義和幻滅的虛無究竟是什麼？回答的是挪近又遠去的潮音，海也不懂得。

記得有一次在異國海洋的旅居幽幽醒來，暗夜的落地窗外的大海竟然異常明晰，潮浪雪色如冬，一顆流星靜靜地閃過，火焰般金紅，是盜火而來的普羅米修斯嗎？冷冽如冬寒的詭譎人間，祂還是念念不忘的送來光和熱……

我，靜靜流下眼淚，多麼幸福的存在著。

附錄：四家之言

我愛過的那個時代

郝譽翔

讀林文義的《遺事八帖》，不禁讓我想起川本三郎《我愛過的那個時代：當時，我們以為可以改變世界》。

川本三郎生於一九四四年，從東京大學畢業，初任報社記者之時，正值日本六〇年代學生運動最為激烈的時刻，他不僅在街頭目睹運動壯麗的火花，而後更因採訪親自涉入其中，那是一個日本社會轉型的關鍵性年代，也是青春生命如櫻花般在枝頭燃燒的美好年代，更是川本三郎在六十歲過後，驀然回首之際，也不禁要感慨地說道：那是為自己所深深「愛過的那個時代」。而小川本三郎近十歲的林文義，出生於一九五三年的台灣，則是要晚個十年，一直到一九七〇年代末期，台灣社會逐漸從長期的戒嚴令之下鬆綁，才爆發出底層蓄積已久的能量，而彼時二十餘歲的林文義躬逢其盛，從此投身政治反對運動，一生都在社會革命和文學藝術的兩極之中擺盪。林文義就和川本一樣，既是一個浪漫耽美的年輕詩人，卻也是一心追求正義和公理的媒體人、評論家，感性與理性，抒情與批判，就像是正反的兩極同時並存在他身上，一直到近年，林文義才終於回歸年少時「衷愛文學的心」，而「時政評論員消失，還原散文作者本位」。故《遺事八帖》這本書在林文義創作生涯中，可說是具有重要的象徵意義，是林文義對於自己從青年時期至今，所走過這一趟搖擺於政治與文學兩端之間歷程的總結，而他也終於得以完成「構思多年，應諾還願」的「大散文」心願。不僅如此，林文義更是在以這八帖長篇散文，清理自己內心數十年來揮之不去的疑惑，攸關生命的問答：「我是在刻意逃避或者真正試圖遺忘？曾經寄望的政治關懷，竟致夢碎的傷楚，長久夢魘般的糾葛纏繞不去……近年來幾乎半遁世似的潛心書寫和閱讀，究竟是我對生命的抗議或是對文學的敬意？」（《遺事八帖》自序〈遺事的儀式〉）

凡此種種疑惑，皆是將文學寫作推至一個最為核心的根本命題：文學與現實之間的對應關係究竟為何？而文字，究竟有沒有改變現實的力量？又或者，現實是否根本就是無從改變起的，一黑暗無底的人性惡之深淵？如果追究到底，上述的答案可能皆是悲觀的，然而可貴的卻是，此中的不能遺忘，一如在《遺事八帖》的扉頁上，林文義所引用的聶魯達的詩句：「愛是這麼短，遺忘是這麼長。」

想要忘，卻又不能忘記的，遂成為了《遺事八帖》這部書，林文義刻畫歷史，出入台北盆地之前世今生，但終究離不開抒情的主體，也就是一不斷在反詰與追問之中的自我。林文義要以八篇「大散文」來「敘說生命深處躊躇久矣的心事」，故所謂「遺事」，既是台灣過去歷史上的點點滴滴，更是林文義在大環境政治屢屢變遷下，自我生命與價值的探尋和叩問，而其中最為動人的，便莫過於他以文字一再重回而留連不去的、他所「愛過的那個時代」——一九八〇至九〇革命風起雲湧的年代，而那時台灣社會正處在欲變未變之際，對於未來尚且充滿了美好的理想，天真的以為「可以改變」什麼，因此毫無保留亦毫無畏懼的付出，那對於正義的追求，對於新世界的渴望，乃至於一種堅持、執著、奉獻與愛，照亮了未曾被時間和世俗所敗壞的青春，以及發自本能地對於不潔的憎惡，和不知世故為何物的、最為純粹乾淨的哀傷……。

故讀《遺事八帖》，我彷彿在讀一個來不及參與的美好時代，青春正盛的台灣，人與人之間的情誼，萌發出溫暖的光與熱的時代，而當絕大多數人皆已患了失憶症，纏繞在當前政治局勢的紛擾喧囂之際，卻唯有林文義選擇以文字，發出安靜的吶喊，提醒我們回過頭去撿拾那曾經擁有過的美好，而他更要以此清理和反省自己：「在魚和龍的角色抉擇之間，將會如何定位己身？是暴烈、殘忍的龍還是靜謐、溫柔的魚？彷彿是人類革命史上的理想和現實的掙扎、反思；天秤兩端，毫無灰色地帶。」而此種叩問，乃是古典而嚴肅的，是一種早已被我們當前快速消費的喧嘩年代所遺忘許久的、純真的叩問。然而抒情的革命家，寧可堅持天真自然，並且相信愛的力量，從昔日對於社會友朋的大愛，到今日與妻子之間的摯愛，故在《遺事八帖》高度詩意而憂傷的文字中，始終貫穿著一股堅毅的良善，一如川本三郎所說：「當時，我們以為可以改變世界……」，但也正是這份「以為」和「信仰」，就如黑夜中的點點螢火，終究匯聚成燦爛銀河，方才使得一個黑暗而愚騃的時代閃閃發光。

二〇一一年十二月，文訊雜誌。

子夜清歌

張瑞芬

初夏六月，捧讀林文義這本從封面到插圖都是何華仁版畫貓頭鷹的《夜梟》，心下大驚，林文義這次可是下了重手，把這兩年的心血全攤上，出了本精緻的書啊！即使在連獲大獎後，在初老之年，在滿坑滿谷自己寫過的題材之後，他也沒有停止自己的腳步，像一個敬虔的礦工一般，鶴嘴鋤一鋤一鋤，掘進自己的內心；那可不容易，在我近日看完楊佳嫻小心翼翼的童女之舞《小火山群》後，愈發有感。

「夜梟」，俗稱貓頭鳥，貓頭鷹也。早在去年（二〇一五）林文義散文集《最美的是霧》卷四「子夜貓頭鷹」就有了這點發想。那時的他，遊山玩水兼到處放閃，從《歲時紀》起就大致維持這種神鵰俠侶「風吹雪」風格，教紅塵俗世之人好生羨慕。一個人倘若能夠專心憂鬱，專心純潔，或許也是好的，只是對身陷苦難的人來說，那實在太遙遠了。比方當時的我吧！倒是想睡，但睡不著。已經不知為何而寫。滿天星芒都閃瞎我的眼，我看不見前方的路。那時節我只記得，林文義二〇一五年初在九歌出的一本自選集《三十年半人馬》中，亮軒寫的序著實動人，是這樣一個表面聒噪熱鬧，事實上會真心救命之人。

直到穿過長長的隧道，來到此刻，兩年來這裡、那裡都讀到他在副刊發表的長文，才慢慢發現他不是玩假的。太陽花學運中，〈黥紋〉的冷靜；從復興航空墜毀在基隆河面，〈折翼〉聯想到被伊斯蘭國斬首的約旦軍官；從大統混油，頂新風暴，揭穿偽善的〈面具〉；還有一篇長到副刊必須分次刊登的哲學思辨〈疑神〉，都令人印象深刻。這世界，需要有人用文學之筆提醒我們事事往心裡去（例如平路精闢的媽媽嘴疑雲《黑水》、質疑槍決鄭捷的〈五月血饅頭〉），而不是用新聞狂躁症的方式。《夜梟》一書裡，貓頭鷹棲息樹上，那一幅幅沉思的剪影，帶幾分呆萌，穿插在文與文間，就像那樹枝細縫漏下的點點亮光，作為指路的明燈。布恩迪亞上校總也不老，只是凋零。在文學式微的當今，人人打著寒顫，但林文義似乎沒有，想必還在那熱水器旁的陽台小桌一筆一字刻鋼板，打造文字的小金魚。

這樣想時，我就愈發覺得林文義像是《深夜食堂》裡的疤面老闆。茶泡飯或玉子燒，燈籠一捻，布簾一掀，屈尺狀檯面閃現黝暗光澤，食客們三教九流水一般流過，他還是他自己。《夜梟》裡極簡風格的二字標題，〈影色〉、〈七葉〉、〈折翼〉、〈幽人〉、〈魚言〉、〈女形〉、〈水夜〉、〈月梟〉，灰色古樸，形音兼美，像一組組精緻人形立偶站在窗台，背後透著暗藍天光。也像我在京都不知名居酒屋裡，抬眼見到的一幫酒牌子「海王」、「五郎」、「山猿」、「大島」、「古澤」、「青一髮」、「一尋」，山鬼魍魎，青面獠牙，卻是可親得很。

《夜梟》是林文義「後遺事八帖時期」的浪尖之作，也是一曲私心婉轉的子夜清歌。與前作《歲時紀》並讀時，特別顯現出一種入世與出世之隔。《歲時紀》那麼與世無爭，春華秋雪，自可怡悅，春鏡、夏花、秋水、冬月，像英國自然主義作家吉辛（George Robert Gissing）的《四季隨筆》，內省而瑣碎，是拾起身旁的繽紛花語的痴狂美少年；《夜梟》則是巨視宏觀，別具隻眼，像衰弱疲憊的老人，檢視滿身棘刺疤痕的過往。難得的是林文義古今串接，遠近生發的多線敘述手法，愈發自然而圓熟了。〈銅像〉從遊義大利佛羅倫斯，講到蔣介石、列寧和魯迅，歸結到偶像與理想的顛躓；〈面具〉也是威尼斯旅人到臨鏡自問；〈匿名〉從當今網路文化談到早年警總羅織的恐怖陰影；〈影色〉從母子同看電影的今昔，到文學藝術對情色的執念，演繹了「好的電影，連情慾都轉折著人生的不幸」；〈折翼〉從空難事件，恐攻被俘，兜轉到自己人生信仰的破滅。《夜梟》絕大部分篇章都意到筆隨，承接細密，在《遺事八帖》之後，不再執著於大散文的篇幅，那份自在從容，沖澹大度，反而像璞玉洗脫了塵土般顯現出光彩來。

同樣是憶舊，《夜梟》有意的迴避了過往的重複，試圖寫出一個新局來。〈酒箱〉就是典型反胡品清的理路，從啟蒙到背反的賭氣，葡萄酒箱成了書櫃，不著痕跡的點出美夢與現實的落差與省思。這其中還有綿綿思遠道，靜謐七葉草，回憶故友黃武忠與文學初心的〈七葉〉；省視自己過往作品敗筆的〈小說〉；激流亂雲，曾經人生涉險的〈傭兵〉與〈複製〉，乃至於串接了與妻子遊賞京都與東京、台北祖父、台南陳燁的〈古都〉。林文義早期文字黏膩，中期寫實劍拔弩張，《遺事八帖》立意閎富，但文字的緊張衝突似乎一直都在，直到《夜梟》，疤面老闆小林薰在暖簾之後，像六朝怪談的掌櫃，自己都幽冥世間，人鬼莫辨了，加上影影綽綽許多呼之欲出的小說家、作家、朋友，共同形塑了一種驚奇趣味。跋涉過林文義眾多文本之人，自然都心知肚明，事件都是真的，故而不能不打點馬賽克柔焦處理。

要說私心偏愛，當屬〈月梟〉。日與夜，冷與熱，一半海水一半火焰。王定國與林文義堪稱小說與散文當今中生代扛霸子。兩人亦敵亦友，一中一北，兩隻夜梟埋在深黑林子裡，孤獨的向月飛去，這簡直堪稱史蒂芬史匹柏的E.T 2.0版了。在五窮六絕的當今書市，這麼一曲寂寞夜歌，真有夜鶯刺破了胸膛的決心。林文義終究仍是浪漫詩人一枚，坐文學的兩岸，看青春的流逝，那樣美麗，而且無畏。

二〇一六年七月，文訊雜誌。

人格即風格

李時雍

大學時代，我最初在雜誌上發表青澀的習作時，常獲得回應提及：他的抒情像林文義。此前，老師於我，或只是父母的好友。此外，家中玄關門上經年懸掛著一幅手繪門神漫畫，就近看落款人，即文義老師。就在我初涉文學懵懂之際，因為文論的連結，間接地就將他視之為自己散文追隨的前輩，逐篇跟讀其作品。

但確切來說，我是從那期間他戮力經營的小說讀起。場景設定在伊斯坦堡的《流旅》（2005），或同存異國情調的《妳的威尼斯》（2007）。那年歲的我，對小說藉遠方所隱微指涉的政治現實，約莫是霧裡看花，然而，卻記得了敘事者憂悒抒情的語調。論者每形容，那是一種浪漫主義的精神。往後續讀林文義散文，才知道這樣的筆調其來有自，來自散文，並綿延成小說與詩等多種文體。

愈理解其散文風格，或許是在我進入副刊工作後。每隔一段時日，就會收到文義老師以信函或傳真寄至的新作。稿紙一式，工工整整的字跡，描寫在方格之中，標註明晰頁次。有時另附圖畫便籤。我收到後簡訊回覆。再收回訊，盡是溫暖的問候，並永遠不忘一句：期待你的新作。為了發稿便利，我往往自己鍵字成檔。竟若字句抄讀，不知不覺，令詞語的節奏深深鍵寫至感官之中。這些篇章陸續收入在《最美的是霧》（2015）迄新作《夜梟》。

於是當學者形容林文義文字「奇崛」或「冷硬」時，對我來說，卻熟悉地像親耳聆聽作家的話語。他的書寫源自於手記體的思維，如他常提及的沈臨彬，或自言「意到筆隨」、連綿成篇。文中記憶故舊交往，文壇情誼，政治涉世，至親摯愛，信手拈來對名家傑作決絕之美的耽愛與讚嘆。決絕，又是林文義常用以形容文學與人格信仰的詞語。

對作家而言，二〇一一年的大散文《遺事八帖》無疑是一次風格集大成的求索。以此為座標，回望，或有後來小手記《歲時紀》（2014）。然而到新作《夜梟》，對絕美的嚮往又更顯其心境自在。他在〈月梟〉一篇點題並描述與至交不眠傳訊、同屬於夜行梟族的書寫與生活。文集中的諸篇，想必都是月照未眠的思維吧。在〈古都〉揣想三島，追懷另座古都上驟逝的作家；〈影色〉對觀影的異色描摹，既寫母子相處，又寫川端之輩的慾愛美學；我深有同感的〈七葉〉寫三十年前與友人創辦《文學家》，短暫七期雜誌的文學夢如七片落葉。

作家曾以陽剛與唯美融於一的「半人馬」為半生文學小結。那「夜梟」或就是他半生風格的另一個隱喻。經年不涉網路，維持以極簡手機鍵寫短訊給友人和晚輩，以筆就紙，月梟清啼。之所堅執，有其所思。文義老師常說，風格即人格。我略談老師為人，其實勾勒亦是他文學的：放懷和絕美。

二〇一六年十二月十七日，聯合副刊。

永遠的反對者

張耀仁

約好碰面的前夕，國家機器甫自行政院前結束一場流血行動，林文義（1953-）一夜未眠，坐在國賓飯店落地窗前凝視雨後霓虹，以一種蒼涼的語調引述馬奎斯小說《迷宮中的將軍》警語：「這裡除了一群人反對另一群人之外，再也沒有別的戰爭了。」那不由使我想起他的小說《革命家的夜間生活》，軟呢滑腴的夜晚，因著要不要帶女孩出場而若有所失的立委踽踽於星空之下，前塵俱往，一股熟悉的氣味瞬忽襲湧，湊近一聞滿掌竟是那女孩的乳房芳郁——經歷電視名嘴生涯、國會辦公室主任等身分，此時此刻的林文義彷若屋外綠池無波，卻總在下一刻伏流著激情的唼喋。

「我們只有民主的形式，沒有民主的內涵。」林文義歎。提到十年間於螢幕前與人爭高下，宣示「文學家也能介入政治」，最終卻澈悟唯有文學得以保有純真——並非曲高和寡，也非超凡入聖，而是更澄明以抵達事物的核心尊嚴——他說，近年閱讀比創作還多，「逐漸明白文學的書寫必得透過更深邃的研習和精讀，謙卑、冷然地反思和沉想，收斂傲慢及偏執。」也就是把心交給「彼端的盒子」。

盒子裡究竟存有什麼？創作迄今已近四十五年的林文義以為，那許是如何走向無人開拓之徑、如何走出自己的影子，也是他三年前交出定音之作《遺事八帖》，試圖藉此呈現台灣百年風土，「乃因我害怕有一天會遺忘。」林文義說他總是困惑著，何以少散文書寫「大歷史」？二〇〇二年簡媜出版《天涯海角：福爾摩沙抒情誌》給了他啟發，《遺事八帖》即是經由文學記錄台灣、介紹台灣、思索台灣的重要印記。

也因此，面對這冊濃縮為「春鏡，夏花，秋水，冬月」的手記式作品，溫婉袖珍的設計與行文，在在使人臆度著在尖拔的高音後，何以轉向呢喃低語？

林文義說，他不喜歡重複也不願遵照他人期望，故另闢蹊徑，「它是一本蘊含堅定與溫柔的浪漫之書。」所以，倘若《遺事八帖》是蓊鬱與繽紛的交響樂，《歲時紀》將是獨坐庭園，冥思以對落花銀亮、枯葉無聲的靜謐：「只有文學，終究比歷史還要真實。」那其中包含的不忍、傷感以及激越，在在使人想起楊照在林文義第一本短篇小說集《鮭魚的故鄉》的評論：「林文義已經走了超過十五年的寫作之路，卻凜凜巍巍地走到了一條山脊稜線上……他寫作時想的不再是自己，不再是藝術，而是『社會』，而是『人民』。」

對照《歲時紀》，箇中不僅著眼於社會與人民這類意識形態，更多是對於文學的期許與熱愛，誠如他不改「以文抵殖」的頻頻探問：「六十初度的男人，還有夢嗎？」、「八十歲的詩人之心像個孩子，有顆孩子般純淨之心才能寫詩」……閱讀林文義近期作品，宛若撫觸溫潤卻又不失尖銳的石頭，溫潤的是他華采滿紙的字句，尖銳的是他始終不願妥協的質疑，而質疑往往來自坦誠的心緒，也是父親終老前顫巍巍握住他的手說：為什麼反對你寫作、繪畫？因為，「在這種黑暗的時代，你這樣是把內心都毫無隱瞞地透露出來……人心險惡在暗處，你光明磊落在太陽下……」這樣憂畏令人意識到時代的傷害與不忍，時至今日憂畏改換成現世叮囑：文學或者藝術，真能養活你嗎？

活著。活得更像個人，更像樣的人，這是現實生活向來念茲在茲的目標，但林文義不這麼認為，一如在悼念文學導師胡品清所提及的那部電影《海上鋼琴師》，被生母遺棄於越洋郵輪的男孩，身懷高超鋼琴技藝，卻一生不敢也不願離開船、離開海，宛若一則隱喻：「烏托邦不再，我卻相信至少生命底層，烏托邦是如此迷人。」這是林文義行經哀樂中年乃至後中年期，對照前此創作擁有更多餘裕與寬容。所謂寬容並非鄉愿，而是具備堅定的氣度看待文學，一如在他主編的《九十六年散文選》堅持不選入任何文學獎作品，乃因他感覺文學獎斲傷文學甚深，多的是以獵取獎金為志的獵人，「文學之用」竟成唯一價值，使他堅信：「文學的救贖之巨大，持續書寫你必懂得；也許，文思凝滯，那就閱讀，永遠相信，讀者比作家來得幸福、美好。」

這樣的看法貫穿了《歲時紀》，也貫穿了一直以來他行經的創作高峰與低潮，他這麼自我定位：「持續半生的文學書寫以及信念，依然是個『永遠的反對者』。」他寫道：「我在愛與恨交織的島鄉苟活著，我的心自問：流亡多久了？」

曾經歷練十年時政評論員的林文義，初始以為能夠經由文學穿透政治的廝殺，最終才發現那個因著天懲而必須每日每夜反覆於冥界推動巨石的薛西佛斯，始終未嘗停下疲憊的行止，縱使石頭已然消失，也執意推著「什麼」上山，以致衍生出萬般無奈的笑話：究竟神處罰的是薛西佛斯還是石頭？這大抵是我們這個時代的荒謬，也是林文義執意以美文面世的初衷，因為俗塵渾濁，如何能以不美應對？專治散文研究的學者張瑞芬剖析二〇〇五年重新出發的林文義：「嘗試詩文交融的體裁，古典文言氛圍更加明顯……全然朝著自己發想出來的新古典主義出發，面對的倒是一個無涯的邊境與無窮的可能。」

其實早出現於三十年前《寂靜的航道》裡，當小說家林雙不問及「有人認為散文是『次文學』」，年輕的林文義信誓旦旦：「只要作者努力去經營，我不相信散文不能出現『大河文學』的風貌。」揆諸曾獲台灣文學獎散文金典獎的《遺事八帖》，以及同輩作家陳列《躊躇之歌》出版，證諸林文義當年的決心已然實現，也意味著散文乃是足資戮力以赴的創作領域。林文義刻意行經幽谷、揀選無人之徑以自我挑戰，這是他面對《歲時紀》的沉澱心情：「孤獨隱含一種巨大的力量，我無不探索文字更大的無限可能……厭惡世俗，這是我的，傲慢以及堅執。」

當年參與苦苓、劉克襄等人共組的詩社「陽光小集」，受到楊牧、沈臨彬、胡品清等作品影響，在王定國、顏崑陽等文友相互扶持下，這位持續創作、持續思索的作者依然保有七〇年代，美國發射無人駕駛的「旅行家二號」永無止盡航向宇宙深處冒險的浪漫、勇氣以及真摯，他鼓勵有志創作的年輕朋友：「耽美、自憐、異議、留情都宜，就是切莫失卻真情實意；身處亂世，文學毋寧是自尋純淨的過程。」

文學終將引領我們直達純淨的國度嗎？窗外天空已然掛起團團小小的月亮，池裡的錦鯉冷不防一個翻身。如斯粉美的時節，國家機器再次完成了一樁威嚇，「我的額頭永遠不會被一頂皇冠玷污。」我突然想起《迷宮中的將軍》的另一句話，並且意識到林文義以其坦誠與勇氣反覆向我們傾訴：「書寫不止是害怕失憶，而是必須磊落、光明地留予生命印證。」

二〇一四年四月九日，自由副刊。

作品索引

希臘	2016.03.27	聯合副刊
人間隨意	2016.05.11	聯合副刊
那年在基隆港	2016.09	文訊雜誌
酒的遠方	2017.01.04	聯合副刊
隱地的鏡子	2017.01	文訊雜誌
飛翔之憶	2017.01.23	自由副刊
我的雪國	2016.12.12	中華副刊
人鬼之舞	2017.03.13	聯合副刊
倒影水晶	2017.01	幼獅文藝
蟻丘	2016.12	鹽分地帶文學
再情書	2017.02.14	中華副刊
繁花聖母	2017.05	聯合文學
大寒	2017.03	文訊雜誌
黑歷史	2017.02	鹽分地帶文學
浮世德定義	2017.05.23	聯合副刊

十行詩	2017.06.06	中華副刊
潮聲最初	2017.05	幼獅文藝
華麗廢墟	2017.03.05	自由副刊
夢遊者	2017.04	鹽分地帶文學
遺信	2017.04.03	中華副刊
夕霧與幽光	2017.04.12	自由副刊
距離十尺	2017.07.22	聯合副刊
喧囂的孤寂	2017.07.04	自由副刊
都是美少女	2017.10.18	聯合副刊
雙杯合一	2017.07.28	中華副刊
青蛾	2017.08.09	自由副刊
春畫	2017.08	聯合文學
邊境隔海	2017.09	鹽分地帶文學
火燒雲	2017.10.18	自由副刊
永夜的寶石	2017.09	文訊雜誌
普羅米修斯	2018.02.25	聯合副刊

林文義創作年表

二〇〇〇年三月，聯合文學印行《手記描寫一種情色》。埋首十個短篇小說創作。五月，應楊盛先生之邀主持旅行、歷史電視節目「臺灣之旅」，霹靂電視臺播映。七月，九歌出版社印行一九八〇～一九九〇年散文精選集《蕭索與華麗》。七月三十一日，《北風之南》小說開始在《自由時報》副刊連載，至十一月二十八日刊完。美國《公論報》隨後刊登。

二〇〇一年五月，聯合文學印行短篇小說集《革命家的夜間生活》。七月，應東森聯播網（ETFM）之邀，主持廣播節目「新聞隨身聽」。九月《從淡水河出發》華文網重排出版。

二〇〇二年一月，寶瓶文化印行旅行散文集《北緯23.5度》。六月，聯合文學印行長篇小說《北風之南》。六、七月，長篇小說《藍眼睛》開始在《中央日報》副刊、美國《世界日報》小說版連載。八月，《革命家的夜間生活》獲金鼎獎文學類優良圖書推薦獎。九月，《多雨的海岸》華成文化重排出版。

二〇〇三年二月，印刻文學印行長篇小說《藍眼睛》。應小說家汪笨湖之邀，與歌手黃妃主持年代電視MUCH臺「台灣鐵支路」。四月，九歌出版社印行《茱麗葉的指環》。七月書寫長篇小說《流旅》，十一月十一日完稿，計七萬字。

二〇〇四年埋首於十七個短篇小說，亦撰散文。十月，應小說家東年之邀，為其主舵之《歷史月刊》重拾遠疏十七年漫畫之筆，編繪《逆風之島》，以臺灣歷史作題。

二〇〇五年二月，漫畫《逆風之島》逐期連載於《歷史月刊》。印刻文學印行二〇〇二～二〇〇三手記集《時間歸零》，水瓶鯨魚封面、內頁插畫。《流旅》小說，美國《世界日報》連載、《中央日報》摘刊。四月，日本京都回來，開始情詩系列書寫。七月，印刻文學印行長篇小說《流旅》。

二〇〇六年五月，印刻文學印行《幸福在他方》。

二〇〇七年應九歌出版社之邀，主編《九十六年散文選》。十月，博客來網路書店印行短篇小說集《妳的威尼斯》。爾雅出版社印行詩集《旅人與戀人》。

二〇〇八年五月，為歌手賴佩霞專輯《愛的嘉年華》（福茂唱片）撰歌詞：〈詠嘆・櫻花雨〉。十二月，應詩人白靈邀約，首次參與在中國黃山舉行之「兩岸詩會」。與老友李昂、劉克襄受信義房屋委託，合著《上好一村》天下文化印行。

二〇〇九年二月，聯合文學印行《迷走尋路》。人間福報副刊專欄「靜謐生活」。五月，中華副刊專欄「邊境之書」。十月，應小說家履彊之邀，擔任內政部營建署「國家公園文學之旅」影集外景主持人。

二〇一〇年一月，聯合文學印行《邊境之書》。十一月，爾雅出版社印行《歡愛》。允為文學四十年紀念雙集。

二〇一一年五月，參與「百年小說研討會」。六月，聯合文學印行《遺事八帖》。

二〇一二年七月，東村出版重印短篇小說集《鮭魚的故鄉》。十一月，

《遺事八帖》獲臺灣文學獎圖書類散文金典獎。

二〇一三年一月，參與吳米森導演的《很久沒有敬我了妳》電影演出。五月，獲中國文藝協會散文獎章。七月，聯合文學印行詩集《顏色的抵抗》。《遺事八帖》簡體字版由北京長安出版社在大陸印行。

二〇一四年一月，聯合文學印行手記集《歲時紀》搭配詩人李進文攝影。十月，參與吳米森導演《起來》電影演出。十一月，獲第三十七屆吳三連獎散文類文學獎。

二〇一五年一月，聯經出版公司印行臺灣歷史漫畫集《逆風之島》。二月，九歌出版社印行一九八〇～二〇一〇散文自選集《三十年半人馬》，詩人席慕蓉封面配圖。應邀擔任宜蘭駐縣作家。七月，有鹿文化印行《最美的是霧》搭配曾郁雯攝影。十月，《木刻猴子》散文選簡體字版由杭州浙江文藝出版社在大陸印行。十二月，宜蘭文化局印行《宜蘭寫真》搭配曾郁雯攝影。

二〇一六年四月，赴日本東京參與吳米森導演之公視文學紀錄片《再見原鄉》訪談。六月，聯合文學印行《夜梟》搭配何華仁版畫。

二〇一八年二月，爾雅出版社印行《二〇一七／林文義－私語錄》日記書。三月，列名《鹽分地帶文學》雙月刊評選：「一九九七－二〇一七當代臺灣十大散文家」。五月，聯合文學印行《酒的遠方》。

國家圖書館出版品預行編目資料

酒的遠方 / 林文義著 .
-- 初版 . -- 臺北市 : 聯合文學 , 2018.5
280 面 ；14.8×21 公分 . --（聯合文叢；628）

ISBN 978-986-323-259-9 (平裝)

855　　107007694

聯合文叢 628

酒的遠方

作　　者／林文義
發 行 人／張寶琴

總 編 輯／周昭翡
主　　編／蕭仁豪
資深編輯／尹蓓芳
資深美編／戴榮芝
業務部總經理／李文吉
行銷企畫／許家瑋
發行助理／簡聖峰
財 務 部／趙玉瑩　韋秀英
人事行政組／李懷瑩
版權管理／蕭仁豪

法律顧問／理律法律事務所
陳長文律師、蔣大中律師

出 版 者／聯合文學出版社股份有限公司
地　　址／(110)臺北市基隆路一段178號10樓
電　　話／(02)27666759轉5107
傳　　真／(02)27567914
郵撥帳號／17623526聯合文學出版社股份有限公司
登 記 證／行政院新聞局局版臺業字第6109號
網　　址／http://unitas.udngroup.com.tw
E-mail:unitas@udngroup.com.tw

印 刷 廠／沐春行銷創意有限公司
總 經 銷／聯合發行股份有限公司
地　　址／(231)新北市新店區寶橋路235巷6弄6號2樓
電　　話／(02)29178022

出版日期／2018年5月　初版
定　　價／300元

ISBN 978-986-323-259-9（平裝）